杜甫夢李白

詩選・印譜・腳本

夢見他們——千古詩人在臺北復活

／陳怡蓁

杜甫時常夢見李白，「三夜頻夢君」，想念著他，牽掛著他，深深瞭解他的「千秋萬歲名，寂寞身後事」。

現代詩人陳義芝則夢見杜甫，「在夢中，我與你同遊」，景仰著他、追隨著他。他是「青山拔地而起」，義芝則願是「飛入青山」的「歸鳥」。

我呢？我夢見詩聖、詩仙都復活了，活在以義芝為代表的青青子衿裡，活在臺灣人的日常心念裡。

必須承認，我所認識的唐代詩人比現代詩人多，我能背誦的唐詩也比白話詩多。那是怎樣一個盛世啊！文治武功，詩詞歌賦，舞劍揮墨，霓裳羽衣曲，說不盡的開元天寶遺事！

民國一〇一年，我偶然讀到義芝的〈東坡在路上〉一詩，突發奇想地要讓宋代的蘇東坡在臺北復活，就是一夜也好！於是邀集一羣藝文同志，就在國家圖書館連演了兩場文學劇。我和義芝首度粉墨登場，閒談中講述東坡生平，賞析東坡詩詞，並以崑曲、南管、箏樂、古琴、舞蹈、藝術歌曲，甚至現場揮毫等種種表演形式，企求展現詩詞意境於萬一。展演的最後一幕，全體二十多位演員一起朗誦〈東坡在路上〉，那是傳承、是延續，也是創新。乘著東坡的翅膀，我們在古典的夢裡遨翔，卻又在現代的土壤裡播種發芽。

料想不到的餘音裊裊，記述在義芝的新作〈虛舟〉詩裡。我們把展演製成影碟，加上小書冊《一蓑煙雨任平生：蘇軾的文學與人生》贈送給各學校圖書館和國文老師，希望能作為輔助教學的材料。北藝大的辛意雲老師同時也長期指導建國高中的國學社，他鼓勵我們：「每年製作一兩檔這樣的展演，慢慢或許能改變國語文教學的方式。」

於是我們繼續作夢，繼續籌劃古典文學劇場。卻掙扎在李白與杜甫孰先孰後的漩渦裡。一個是「飛揚跋扈」，一個是「沉鬱頓挫」；一個仙風道骨，一個以史入詩，他們幾度相逢，一起出遊，個性迥異而惺惺相惜。詩仙如青龍騰躍地展現自我、追尋自我；詩聖擁抱大地蒼生，在民生疾苦中展現大慈悲。唯其相異，因而成就了唐詩盛世的豐沛圓滿。

幾番思量，我們終於決定以「杜甫夢李白」展演出大唐藝術的多樣性與包容性，暫時擱置李杜的先後高下之爭。

我們的夢愈作愈大，愈來愈繁複。導演李易修發揮無窮的創意與想像力，又加入了皮影戲、劍舞、胡旋舞、仿唐宮樂圖等等罕見的表演形式，似乎決心要把新北市文化中心的舞臺幻化為唐朝夢境。

我一邊讚賞、一邊心驚，如此大製作能否順利呈現？所幸因為東坡，已經建立了默契，也累積了經驗。義芝先以現代詩人的觀點，精選了李白詩二十九首、杜甫詩二十八首（真正難為了！）作為展演的內容參考，同時一揮而就寫成了〈夢杜甫〉一詩，終於能馭繁化簡，彷彿拉住了絨球的線頭，循序剝開繁花似錦的朝代。

導演拾起那個夢的線頭，繼續往天寶年間去尋夢。中文系畢業的他，文筆出奇地瑰麗，寫成的劇本如詩如畫，輕易就能帶領我們一干業餘演員進入唐夢裡。我們從古典出發，找到了創新的活力。

而書法家任安在東坡展演中現場揮毫，震驚全場，另一項絕活「篆刻」，卻可惜只以「一蓑煙雨任平生」和「一肚皮不合時宜」兩印稍露風采，製成橡皮章，在現場供人蓋印留念。其實在我們排練等候時，他已刻成二十方東坡套印，卻未有機會全面展現，成了東坡展演的遺珠之憾。任安熱愛篆刻藝術，一拿到義芝的李杜詩選，潛心埋首，竟然又刻成李白名句五十方，杜甫名句五十方。鋪陳開來整體慢慢翻看比對，發現其布局用心，深度、廣度、力度、變化度俱足，美不勝收。任安任職故宮博物院，長期浸淫在鐘鼎銘文之中，深度瞭解文字的源流演變，牢記各體而能靈活應用，或而拆解，或而整合，有時好像在解碼，有一種讀詩的祕密喜悅；有時卻也工整嚴謹，顯現書法功力，饒有古意。

在我好言相求之下，任安破例為自己的治印歷程寫下「印說」，每印不過百字，卻能出神入化，引領人走入篆刻的美學之中。因為是擷句入印，所以部分名詩富佳句者，往往會「一詩數印」；而有些以敘事勝的選詩，頗難擷取傳誦的金句，遂呈現「有詩無印」現象。

我和大塊文化的編輯商議編書之事，雖然夢見杜甫，夢見李白，卻不想落入舊夢的窠臼。我們走入唐代的大夢裡擷取花蜜，夢醒之際，但願在現實的世界中傳播種子，發散芳香，結出文創的果實。於是以〈夢杜甫〉新詩為靈魂，義芝選詩的觀點為眼，李白杜甫詩作解讀（徐國能、李沅珊、林佳蓉撰）為骨，任安的百方篆刻與印說為肉，易修的劇本為羽衣，編織成骨肉亭勻，翩翩起舞的文學新夢。《杜甫夢李白》一書雖然精簡，但願能承接著李杜的豐厚，展現當代的創新。

我夢見他們，夢見千古風流人物都復活，活在我們的心海裡、骨血裡、文章裡、劇本裡、新詩裡、印章裡、墨韻裡、崑曲南管裡、水袖劍舞裡、閒談清議裡，活在我們不醒的中華文化大夢裡！

感謝幾位作者，陳義芝、徐國能、李沅珊、林佳蓉、李易修和任安，感謝大塊文化的郝明義、吳可明，和編輯冼懿穎，美編「三人制創」工作室、何萍萍，以及趨勢教育基金會的廖凱倫，付出無限心力，陪伴我一起作夢。

漂泊者的居所——關於《杜甫夢李白》

／陳義芝

二〇一二年趨勢教育基金會首推《蘇軾展演》，贏得不少喝采聲，執行長陳怡蓁決定以唐代文學人物為對象，續推二〇一三年節目。大唐詩人李白（七〇一～七六二）、杜甫（七一二～七七〇）的才華難分高下，兩人時代相同，又有深刻的情誼，同臺展演，再美好不過！

李白長杜甫十一歲，名滿京華時，杜甫還是一個剛嶄露頭角的青年。公元七四四年，他們在洛陽相遇。此前，李白奉詔來到長安，備受玄宗優遇，親手調羹賜食，封為翰林。終因個性不合，得罪了高力士，玄宗也怕他醉酒亂事，因而給了他一筆錢，讓他離京。這時，杜甫已完成齊、趙漫遊，卜居於首陽山下窯洞，經常前去洛陽，兩位唐代最偉大詩人的初遇就在洛陽。第二年秋天杜甫在山東兗州和李白重逢，此後，杜甫西去長安，李白重遊江東，再也沒有碰面。

除了兗州分手的詩〈魯郡東石門送杜二甫〉及〈沙丘城下寄杜甫〉，李白對杜甫的思念少見文字記載。反觀杜甫對李白卻是一往情深，伴隨漂泊的行腳，不論在長安困頓時、在秦州落難時，或在成都定居、夔州養病，都有詩遙念。其中以七五九年〈夢李白〉二首，最為情深。「死別已吞聲，生別常惻惻」，「三夜頻夢君，情親見君意」，日思夜夢，唯恐流放夜郎的李白遇害，下筆掏心掏肺，一千多年來始終令人低回。

李杜並稱，由來已久。前人編輯詩選自然也是李先、杜後，但這回結合展演的讀本，為凸顯現代感受及戲劇結構，改採杜先、李後。同一個年代的詩人，原本不須顧慮排序，所顧慮者，一般讀者的習慣也。

・杜甫卷

杜甫存詩一千四百餘首，李白將近一千。他們創作的總量當然不止此數，烽火亂離，逃亡各地，劫後還能留下如此豐富的文學資產，實在該為文學史慶幸。

兩位詩人的傑作，要選上百首並不難，但念及讀者並非鑽研者，選詩不必求多。本書除斟酌詩的時代面向與藝術風格外，亦兼顧相親相熟的閱讀趣味。杜甫的代表作，成於三十歲以前的甚少，〈望嶽〉峭拔壯闊，既見青年杜甫的人格嚮往，也顯露其詩作磅礡的氣象。杜甫贈李白詩共二十餘首，所選六首，每一首都有琅琅傳誦的金句。除前面所舉二首，另如：「痛飲狂歌空度日，飛揚跋扈為誰雄」、「渭北春天樹，江東日暮雲」、「文章憎命達，魑魅喜人過」、「敏捷詩千首，飄零酒一杯」，都是。

杜甫曾應科考不中，應制不取，再獻三大禮賦，渴求玄宗青睞。有人或不免批評他老在謀求官職，從而視杜甫為「腐儒」。這是不了解仕進乃古代讀書人唯一出路，無官可做，就沒有人生抱負可言。唐朝有進取心的士子，一方面恥於干謁，一方面又不得不走上干謁之途，連李白都有干謁之作，何況杜甫「奉儒守官」的家世，給了他很大的功名壓力。〈奉贈韋左丞丈二十二韻〉不只是杜甫一人的境遇，實表露了讀書人面對窮困普遍的、無可奈何的矛盾意識。但「白鷗沒浩蕩，萬里誰能馴」，作為詩人自畫像看，仍然是磊落清俊的。

安史之亂前，唐朝衰敗的徵象已現，內有驕橫淫奢的權貴，外有殘酷剝削的官員，窮兵黷武的結果，與南詔（在雲、貴、川、藏等西南地區）、大食（阿拉伯）、契丹（在中國東北地區）的戰爭，都吃了敗仗。兵員折損極巨，暴力徵兵製造了無數的人倫慘劇，安史之亂八年，市井荒棄，五千多萬的人口消失掉三分之二。〈兵車行〉、〈麗人行〉、〈月夜〉、〈春望〉、〈羌村〉、〈贈衛八處士〉、〈新婚別〉、〈石壕吏〉、〈月夜憶舍弟〉，情境大小不同，悲慨幽怨的情懷也不同，但紀實、揭露，入神而妙，的確可當血淚斑斑的史料來讀。人稱杜詩為「詩史」，指的就是這一表現。

〈自京赴奉先縣詠懷五百字〉及〈北征〉，同為這一時期名作，前者一百句，後者一百四十句，雖波瀾起伏，思想深刻，但畢竟不是易讀之作，本書未選入。

杜甫漂泊到四川前，最大的官位不過是一個從八品的左拾遺，但以他忠誠耿介的性格，竟連這一小小官位也保不住。七五九年，不但有戰亂，還發生旱災，杜甫帶著家人，先抵達秦州（甘肅天水），再到南邊的同谷，日子仍然過不下去，終於跋涉到成都。民國詩人馮至曾說：「在杜甫的一生，七五九年是他最艱苦的一年，可是他這一年的創作，尤其是『三吏』、『三別』，以及隴右的一部分詩，卻達到最高的成就。」「三吏」指〈新安吏〉、〈潼關吏〉、〈石壕吏〉；「三別」指〈新婚別〉、〈垂老別〉、〈無家別〉。

本書所選的〈江村〉、〈蜀相〉、〈茅屋為秋風所破歌〉是杜甫抵達四川，築室於浣花溪畔，所謂「草堂時期」詩作。一者反映知足的生活、難得的愉悅；二者詠歎諸葛孔明功業，寄託有才無命的痛惜；三者以個人之苦聯想到天下人之苦，其能贏得「詩聖」之名，正因這等人格境界。

大約過了兩年恬適的日子，杜甫再度漂泊。因避蜀亂，先從綿州到梓州，再到閬州，聽說嚴武奉旨回四川，出任劍南東西川節度使，杜甫才又回到草堂。〈聞官軍收河南河北〉作於梓州，有扼抑不住的狂喜。〈登樓〉是歸返成都時作，抒吐人事變遷的無限感愴。公元七六五年春，杜甫的知己嚴武逝世，杜甫展開最後一段漂泊旅程，〈旅夜書懷〉、〈秋興八首〉、〈八陣圖〉、〈登高〉、〈觀公孫大娘弟子舞劍器行〉，都屬這階段名作。論詩藝，後世詩人難與比高。

七六九年他漂流到湖南潭州，很久一段歲月宿泊在江上。七七〇年遇見玄宗盛世紅極一時的音樂家李龜年，杜甫寫出「正是江南好風景，落花時節又逢君」的絕唱。〈秋興八首〉，葉嘉瑩教授有專論。〈八陣圖〉絕句，陳世驤教授曾撰萬餘言分析。俱見其重要性。

杜甫五十六歲在夔州看到李十二娘的劍器舞，聯想到開元年間四歲時看過公孫大娘舞西河劍器。五十九歲在潭州重逢李龜年，想起十四、五歲出入於岐王宅第、崔滌寓所見聞的音樂演出。而今年華已老，撫事慷慨，寄寓了多少時代衰亡盛況不再的欷歔啊。

・李白卷

李白詩不易繫年，本書所選李白卷之寫作年分，由林佳蓉教授斟酌改訂。前半自〈長干行〉至〈送友人〉共十首，寫於青、壯年漫遊時期，呈現李白「清水出芙蓉，天然去雕飾」的語言藝術。〈長干行〉、〈長相思〉，係樂府雜曲名，前者代一少婦書寫兩小無猜的恩愛、婚戀、遠別及苦候之情；後者寫天長路遠、夢遊式的男女相思，論者以為「長相思，在長安」有政治托寓，都是深入人心的詩篇。至於〈山中問答〉的雙重情境，〈黃鶴樓送孟浩然之廣陵〉的快意瀟灑，〈題元丹丘山居〉的清新出塵，〈山中與幽人對酌〉的興會淋漓，也都令人感悟神往。

〈蜀道難〉亦借樂府古題，但描景神奇，想像力豐富，語言長短錯落，用韻不拘，真正呈現了李白氣象——超凡的浪漫精神。傳說賀知章讀此詩，驚為「謫仙人」。

說到李白與酒的關係，不只要讀〈山中與幽人對酌〉及〈月下獨酌〉詩，〈贈孟浩然〉有「醉月頻中聖，迷花不事君」的沉醉，〈下終南山過斛斯山人宿置酒〉有「我醉君復樂，陶然共忘機」的恬遠。而最能代表李白揮酒長歌英氣的，當屬〈將進酒〉這首天風海雨般大開大闔、又豪壯又宕逸的傑作。

李白很少描寫家庭倫理之情的詩，不像杜甫懷想妻子、兄弟，都寫得悲惋神馳。李白寫給太太的〈贈內〉，顯然不是名作，但因較少人知，而又有與杜詩對照之趣，因而收錄。

〈子夜吳歌〉、〈關山月〉、〈戰城南〉，也是承自樂府舊題的詩，在在顯示李白詩與樂府民歌的關係。李白採用了前代的體式，卻能拓展、創造，打破固有的格式，開啟自由流轉歌行奔放的風格。詩中的反戰思想，尤其可貴，「秋風吹不盡，總是玉關情」、「由來征戰地，不見有人還」、「乃知兵者是凶器，聖人不得已而用之」……莫非憂國憂民的情懷。李白寫這些詩時，安史之亂尚未發生，但邊疆的征伐已使生靈塗炭。併同杜甫的〈兵車行〉看，不同的詩人相同的悲憤，可見當時的情勢是如何地傾危，人民是如何地被賤棄！

〈清平調〉乃李白奉詔所作，由於含融了長安宮裡沉香亭畔的玉容花光、富貴風流，十分被傳誦。本書選此作，既照映天寶時事、李白際遇，也因李龜年而繫連上杜甫的詩與諸人的漂泊。

近代學人李長之稱許李白詩的特點：「往往上下千古，令人讀了，把精神擴張到極處。」我們讀〈夢遊天姥吟留別〉、〈登金陵鳳凰臺〉、〈遠別離〉、〈宣州謝朓樓餞別校書叔雲〉，既有廣大的空間可馳騁，又有時間的波瀾共起伏，惝怳莫測、騰挪多姿，適足以欣賞詩人駕馭語言臻於化境的功夫。

〈沙丘城下寄杜甫〉是李白少數寫給杜甫的詩，「思君若汶水，浩蕩寄南征」，描寫流水悠悠、相思浩蕩，誰說李白對小老弟用情不深！〈古風〉共有五十九首，第一首自述其志，風度雅正，讀者若能深入體會，對李白的認識就不會只停留在醉酒、撈月的小意趣上了。我選的最後一首詩〈早發白帝城〉，是李白流放夜郎途中遇赦、乘船下江陵之作，心情爽悅駿利，讀來有酣暢不已之感，明代《升庵詩話》甚至稱這首詩「驚風雨而泣鬼神」。

三年後，李白病逝於安徽當塗。

韓愈說：「李杜文章在，光芒萬丈長。」

李杜合成了中國詩史最燦爛的黃金板塊，在中國，沒有第二組人物可以取代。然而，一千二百多年前，他們在現實人生中的苦痛，是今人難以想像的。幸好有文學的殿堂，成為漂泊者永恆的居所。

本書詩作解讀，邀請徐國能、林佳蓉兩位教授及青年學者李沅珊執筆，使讀者更能深入詩境，獲得閱讀感受，謹向三位致謝。

二〇一三、十一、十二寫於臺師大八四五研究室

陳義芝 主編、作者

一九五三年生於臺灣花蓮。曾任聯合報系副刊主任。歷任輔大、清大、臺大等校兼任講師、助理教授。現任臺灣師範大學副教授，中華民國筆會祕書長。出版有詩集《不安的居住》、《邊界》、《掩映》，散文集《為了下一次的重逢》、《歌聲越過山丘》及論評等二十餘種。文學創作曾獲圖書金鼎獎、詩歌藝術創作獎、中山文藝獎、臺灣詩人獎等。詩集有英譯本、日譯本在國外發行。

陳怡蓁 共同主編

趨勢科技共同創辦人暨文化長、趨勢教育基金會董事長暨執行長、華人心理治療研究發展基金會董事長。一九八八年與先生張明正共同創辦趨勢科技，掌管全球行銷與人事，帶領趨勢科技四連霸臺灣十大國際品牌。二〇〇五年轉任文化長，為全球業界第一位文化長，致力於企業社會責任與文化藝術教育的推廣。目前也是天下文化「文化趨勢」書系總編輯、人間福報專欄作家、中廣節目主持人。著有《@趨勢》、《擋不住的趨勢》、《不一樣的旅程》等書。

任安 印譜作者

本名游國慶。中文博士，專研銅器、古文字、書法、璽印。並從事書法篆刻創作。曾任《印林》雜誌總編輯，兼任中央、輔仁大學副教授。現任故宮博物院副研究員，從事器物銘文、璽印篆刻、漢字書法研究。撰述有相關論文五十餘篇。多次主辦故宮西周金文、璽印、歷代銅器等大型展覽，並出版研究專輯圖錄。曾跨界與臺北市國樂團合作展演「俠客行詩書歌樂音樂會」及「飛墨」。二〇一一年六月舉辦個人書法篆刻展「放歌」於國父紀念館；十一月獲「中山文藝創作獎」。現持續參與由趨勢教育基金會主持之趨勢經典文學劇場演出。

李易修 腳本作者

劇場導演、演員。畢業於國立臺北藝術大學劇場藝術研究所，主修表演，跨足現代舞臺、傳統戲曲、南管等領域，現為「拾念劇集」負責人。二〇〇六年起擔任編導，包含「國家兩廳院」、「國家交響樂團」、「國家國樂團」、「拾念劇集」各團體之作品，及趨勢教育基金會所主持之趨勢經典文學劇場展演。

目錄

杜甫夢李白

詩選・印譜・腳本

李白　一二〇

*詩中紅字為篆刻印文

夢杜甫——為《杜甫夢李白》寫歌

／陳義芝

與你同遊
在風煙飄搖的溪谷
山路攀爬的峰巒
在夢中，我與你同遊

你是青山拔地而起
我是飛入青山的歸鳥
你是青空不見邊際
我是激揚青空的流雲

在高出蒼穹的季節
高過羣山的絕頂
我與你揭去夢的貼布
展開盛唐的版圖

然而沒有山河可眺望
只有干戈的曠野在泣血
沒有親人的肌膚可取暖
只有寒涼的一勾月獨看

不見曲江池畔的麗人
只剩千村萬落的荊棘
十年困頓的長安你當過八品參軍
天寶亂後的長安你一路顛沛流亡

一條阡陌跨過一條阡陌
一羣傷兵帶著一羣傷兵
失去家園的炊煙到處是野鼠挖穴
失去故人的訊息到處是鴟鴞狂鳴

你只好去住草堂
親近梁燕和水鷗
你只好去登高樓
悲憐秋晚多病的長江

夢裡的菊花不斷驚呼在道旁
夢裡的白骨總是沉睡在戰場
孤舟像天地間的淚啊沒有家
白髮的詩人遙想京城，漂流在江上

二〇一三、七、十二寫於臺師大八四五研究室

杜甫

杜甫，字子美，生於唐玄宗先天元年（公元七一二年），卒於唐代宗大曆五年（公元七七〇年）。祖父是初唐時期著名的詩人杜審言，父親杜閑曾任兗州司馬。

杜甫七歲開始學詩，青年時期曾漫遊吳越趙齊，三十三歲時在洛陽結識了被玄宗「賜金放還」的李白。三十五歲時赴長安謀求出路，五年後獻「三大禮賦」給天子，玄宗賞愛他的文采，命他在「集賢院」等待國家派遣職務。一直到他四十四歲，國家才派予「右衛率府兵曹參軍」之職。然安史之亂隨即爆發，杜甫一度生活在叛軍控制下的長安，寫下了〈春望〉等名篇。唐肅宗即位後，杜甫冒險逃出長安投奔天子，被封為「左拾遺」，但因政治意見與皇帝相左，被貶為「華州司空參軍」。隔年杜甫棄官而去，攜家經過艱困的旅程來到了四川成都，並在浣花溪畔建築了「草堂」，度過了一段安閒的歲月。朝廷封予他「檢校工部員外郎」的官銜，所以後世也稱他「杜工部」。

杜甫一生漂泊流離，詩作無數，但死後皆盡散失，一直到北宋仁宗年間王洙才編定了較為完整的作品集，今以清人仇兆鰲《杜詩詳注》、楊倫《杜詩鏡銓》為較佳的讀本。

杜甫一生以儒家思想為本位，懷有忠君仁民的寬厚性格。從唐朝開始，杜甫便因詩歌錄載詳盡而有「詩史」之稱號，宋人秦觀則稱他為「詩聖」。

望嶽

岱宗夫如何，齊魯青未了。
造化鍾神秀，陰陽割昏曉。
盪胸生曾雲，決眥入歸鳥。
會當凌絕頂，一覽眾山小。

解讀：

本詩寫於唐玄宗開元二十四年（公元七三六年），杜甫二十五歲，為杜甫少年時期的代表作。杜甫此時應試落第後在齊魯一帶開始漫遊生活，詩中首句「岱宗」即指五嶽之首「泰山」，杜甫用疑問句起首，盪開了對泰山的描寫，「齊魯青未了」側面描寫泰山的位置及遠望山勢的雄偉，而第三、四句則近觀泰山的神奇秀麗及在不同時間的光影變化下，泰山所展現的不同風貌。五、六句視角再拉近至細部，將泰山與雲、鳥融合，並與詩人產生微妙互動，杜甫在山雲鳥的美景中，內心有所激盪，並引發了充滿雄心壯志的抱負，因此在末二句展現了對自我的期許。綜觀全詩，泰山的自然之美與詩人的情志巧妙地結合，「望嶽」所見的客觀美景觸發詩人的主觀情志，心生「凌絕頂」的積極志向。杜甫藉對泰山的讚歎，象徵自我內心成就高峰的渴望，化用了孔子「登泰山而小天下」的典故，不僅是儒家素養的展現，也可窺見杜甫「兼善天下」的儒者使命感。

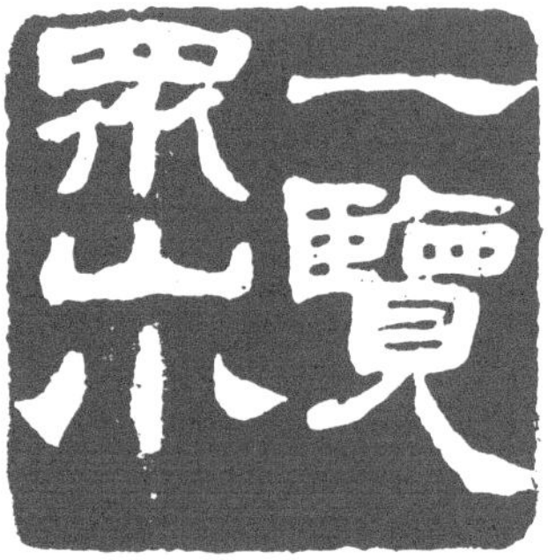

一覽眾山小

以雄渾樸茂的八分隸書入印，筆致精而密，提按間「沉鬱頓挫」，可以與老杜詩風呼應。點畫之粗細、方圓、轉折、回鉤、映帶諸細節，均可深玩。

贈李白（其二）

秋來相顧尚飄蓬，未就丹砂愧葛洪。
痛飲狂歌空度日，飛揚跋扈為誰雄？

解讀：

本詩寫於天寶四載（公元七四五年）的秋天，杜甫三十四歲，當時李白已被玄宗賜金放還，與杜甫遊歷齊趙一帶，二人在魯郡道別時，杜甫作詩贈之。李白長杜甫十一歲，杜甫對他極為崇拜，早期詩作受李白影響很深，這首詩中亦可見杜甫刻意製造豪爽情調的風格。由於此時李白懷才不遇、杜甫失意漫遊，相似的境遇使杜甫在首句以「飄蓬」形容二人的處境。第二句言李白若未能成功煉丹將有愧於道教先師葛洪，勾勒李白道教徒之外在形象。第三句進一步描寫李白「痛飲」、「狂歌」的狂放形象，再以「空」字點出李白「借酒澆愁」、失意生活的痛苦與空虛；末句更深層地道出李白「狂傲」、「跋扈」的不羈性格。杜甫作此詩一方面是對李白的祝福、讚賞，另一方面亦是對友人誠摯的規戒、勸勉。

飛揚跋扈

圓形布字，是取法漢代瓦當形式。本印則另留四隅，有所變化。中間十字界分四格，用雄強飛動的篆體入之，以比擬「飛揚跋扈」詩意：「飛」字的曲筆颺動；「揚」字斜畫緻密；「跋」字的左右高低錯落；「扈」字的偏旁位置挪讓。而筆筆間的應接、回收，則更增機趣了。

春日憶李白

白也詩無敵，飄然思不羣。
清新庾開府，俊逸鮑參軍。
渭北春天樹，江東日暮雲。
何時一樽酒，重與細論文？

解讀：

本詩寫於天寶五載（公元七四六年）春天，杜甫三十五歲，杜甫與李白自天寶四載秋天分別後，再無相見，此時杜甫至長安求仕，因懷念李白而作。本詩聚焦於杜甫對李白文學表現的讚揚。前四句讚李白詩文，後四句憶兩人情誼。首二句直言李白創作詩歌的不凡，其飄逸高超的才情、詩思是無人能敵的；第三、四句則談其作品風格，以南北朝詩人庾信及鮑照比擬，「清新」指的是自然而不流俗，「俊逸」則是飄逸灑脫而不平凡，杜甫讚譽李白兼擅了兩位前代詩人之長，呼應其「無敵」與「不羣」。第五、六句則轉而抒發憶友之情，當時杜甫在渭北（即指長安）而李白在江東，杜甫以眼前景色起興，寫身在渭北的自己看著美景而思念著江東的李白，而江東的李白此時也許也同樣地記掛著自己，運用「對面著筆」手法展現細膩情思，並用「互文足義」增添詩句密度。末二句則用「飲酒」、「論文」兩件回憶中的美好事物提問，除了期待再次見面，更強化了杜甫對李白的思念。

飄然思不羣

西漢帛書中往往有長畫下引、結體舒長曼妙之勢，與「飄然」字義相契，故取以入印。「以書入印」是篆刻家極則——即在刀刻印文中，充分展現出書法之筆墨韻致。此五字印文如見運筆在前，頓挫自然，映帶流美，即使撇捺較大、較重處，亦悠然而往，順勢而收，不作鼓努張揚，是所謂「思不羣」也！

奉贈韋左丞丈二十二韻

紈袴不餓死，儒冠多誤身。
丈人試靜聽，賤子請具陳。
甫昔少年日，早充觀國賓。
讀書破萬卷，下筆如有神。
賦料揚雄敵，詩看子建親。
李邕求識面，王翰願卜鄰。
自謂頗挺出，立登要路津。
致君堯舜上，再使風俗淳。
此意竟蕭條，行歌非隱淪。
騎驢十三載，旅食京華春。
朝扣富兒門，暮隨肥馬塵。
殘杯與冷炙，到處潛悲辛。
主上頃見徵，欻然欲求伸。
青冥卻垂翅，蹭蹬無縱鱗。
甚愧丈人厚，甚知丈人真。

每於百僚上，猥誦佳句新。
竊效貢公喜，難甘原憲貧。
焉能心怏怏？只是走踆踆。
今欲東入海，即將西去秦。
尚憐終南山，回首清渭濱。
常擬報一飯，況懷辭大臣。
白鷗沒浩蕩，萬里誰能馴。

解讀：

此詩寫於天寶十一載（公元七五二年），杜甫四十一歲，杜甫結束了青年壯遊後，至長安求仕，由於科舉不第，杜甫試圖以薦舉方式求官。近十年困守長安的時期，杜甫曾多次向韋濟陳請，希望獲得提攜，雖成效不彰，但韋濟確實對杜甫獎掖有加。因此，當杜甫決定暫歸洛陽時，便寫下這首詩與韋濟道別。首四句直接點出不遇的氣憤，並向韋濟直陳委屈。第五至十二句則娓娓道出對自身才學的自信及抱負。第十三至二十句轉寫現實的殘酷與理想的落空，傳達了詩人濃烈的悲哀。第二十一至三十六句則陳述曾受玄宗徵召，卻因李林甫作梗而無法見用之事，而在人生無奈之時又幸有韋濟肯提拔照顧自己，然而在現實中卻始終未能得官，因此總是抑鬱、為自己感到悲哀，因而有了離開長安的念頭。後八句先交代自己的去向，再感念韋濟的恩情，最終以在天地間飛翔萬里的白鷗自許，流露對理想的執著，展現雄健浩蕩、樂觀積極的人生觀。此詩篇幅宏闊、內容深廣、情志沉鬱且結構跌宕，正體現了杜甫「沉鬱頓挫」之詩歌風格。

讀書破萬卷
下筆如有神

草書之興在西漢中晚期，簡率隸體出草形，故名「隸草」，後規範為「章草」，是為因應大量文書抄寫而生的急速寫法。「下筆如有神」亦有迅捷義，故用此體。印章須在方整中有變化，隸草多歪斜，故作界格以定勢，則筆畫即便放任跳宕，仍歸於穩定。「下筆」作「下聿」，合書一格內，「聿」為「筆」古字。

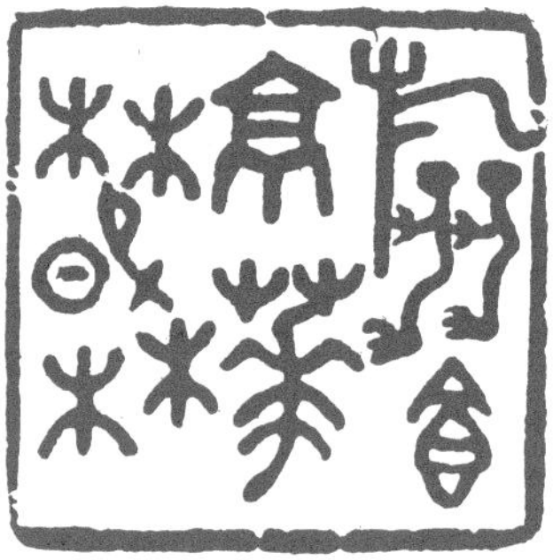

旅食京華春

金文族徽字有極象形者，如「旅」字，象一人執旗、後人緊隨，今日旅行社導遊領隊，猶見此景；「食」字象人張口向下對「簋」（古代食具）而食；「京」字象高樓上有樓臺，以示為高大之京城；「華」即花的本字，艸頭表草本，下象花開垂展之形；「春」字從屯，象種子萌芽，日照林間，百艸生發，春意盎然矣。或從四木、或從四屮，省為二屮，再隸變為今形。

兵車行

車轔轔，馬蕭蕭，行人弓箭各在腰。
耶孃妻子走相送，塵埃不見咸陽橋。
牽衣頓足攔道哭，哭聲直上干雲霄。
道旁過者問行人，行人但云點行頻。
或從十五北防河，便至四十西營田。
去時里正與裹頭，歸來頭白還戍邊。
邊庭流血成海水，武皇開邊意未已。
君不聞漢家山東二百州，千村萬落生荊杞。
縱有健婦把鋤犁，禾生隴畝無東西。
況復秦兵耐苦戰，被驅不異犬與雞。
長者雖有問，役夫敢伸恨？
且如今年冬，未休關西卒。
縣官急索租，租稅從何出？
信知生男惡，反是生女好。
生女猶得嫁比鄰，生男埋沒隨百草。

君不見，青海頭，古來白骨無人收。
新鬼煩冤舊鬼哭，天陰雨濕聲啾啾。

解讀：

本詩寫於天寶十載（公元七五一年），杜甫四十歲，當時唐朝為了擴展疆域不斷對外征戰，不僅未有戰績，還不斷增加戰役，因此強徵男子入伍從軍，使百姓苦不堪言。杜甫有感於人民對征戰的無奈及承受的痛苦，藉漢代樂府詩歌的形式創作〈兵車行〉。前七句以敘事手法帶出主題的時空背景、人物及事件。第八至二十一句是作品核心，「道旁過者」即是杜甫的化身，而「行人」即是腰上掛著弓箭，哭著與父母道別的士兵。在杜甫的詢問下，士兵一一道出被強制徵召的怨言：十五歲從軍離家後，四十歲才可能歸鄉，面對皇帝一意地想擴張疆域，人民雖無奈卻不敢反抗，因為缺乏男丁導致生產力衰頹，使國勢不增反減。第二十二至二十九句，杜甫一改七言而以五言作詩，使語氣更為急促而忿忿不平，甚至以「反是生女好」的論點強化戰事消耗男丁的社會現況。最後六句仍不脫悲哀痛苦的氛圍，言歷代帝王多好戰，然而戰爭中的犧牲者與受難者永遠都是最無聲的百姓。因此，杜甫以詩歌為最弱勢的人民發聲，他用客觀的視角、敘事的手法及對話的口吻刻劃最真實的民間疾苦。如同新聞記者實地採訪的報導方式，生動而真實地揭露戰爭的無情，不僅反映杜甫的反戰思想，更展現了杜甫創作中人道關懷的精神。

信知生男惡
反是生女好

字在篆隸之間，樸厚簡直，源於秦漢簡帛書。老杜詩意極反諷之至，直白而悲慟，故用質厚線條表現。「生女」二字合文處理，下加「＝」符標示。「＝」點與「惡」下之「心」點遙相呼應，似在重複控訴一個悲慘世代的無盡的「惡」……。

麗人行

三月三日天氣新，長安水邊多麗人。
態濃意遠淑且真，肌理細膩骨肉勻。
繡羅衣裳照暮春，蹙金孔雀銀麒麟。
頭上何所有？翠微㔩葉垂鬢脣。
背後何所見？珠壓腰衱穩稱身。
就中雲幕椒房親，賜名大國虢與秦。
紫駝之峰出翠釜，水精之盤行素鱗。
犀筯厭飫久未下，鸞刀縷切空紛綸。
黃門飛鞚不動塵，御廚絡繹送八珍。
簫鼓哀吟感鬼神，賓從雜遝實要津。
後來鞍馬何逡巡，當軒下馬入錦茵。
楊花雪落覆白蘋，青鳥飛去銜紅巾。
炙手可熱勢絕倫，慎莫近前丞相嗔。

解讀：

本詩寫於天寶十二載（公元七五三年），杜甫四十二歲，主要在寫右相楊國忠及楊氏姊妹遊宴曲江之事。首二句點出時空背景及人物，唐人在「三月三日」有「祓禊」的習俗，即是到曲江邊利用河水來驅邪避凶，有祈福含意，而「麗人」即是楊氏姊妹。第三至十二句特寫楊氏姊妹的姿態，以鋪陳「麗人」主題，分別寫她們濃媚又若有所思的內在神態、勻稱細嫩肌膚的外在樣貌，更以華麗的衣裳、頭飾等裝飾品襯托雍容華貴的氣質，而「虢國夫人」和「秦國夫人」則點出她們身為皇親國戚的威勢。介紹完「麗人」後，第十三至二十句則聚焦於「宴遊」的鋪張豪奢，宴會中蒐羅了各方的山珍海味，「犀箸厭飫久未下」寫貴族們拿著珍異的筷子卻因為飽食而不再動筷，可見浪擲的排場。以上的鋪陳，在末六句才將主題托出：諷刺楊氏姊妹與楊國忠雖為皇室親貴，卻毫不掩飾他們之間的不倫關係。總觀此詩，前半部寫盡麗人之美、宴饗之美、聲色之美，末段卻以曖昧不倫的醜惡相對，強烈的反差這才看出杜甫以「麗人行」為詩題的用意：杜甫藉古樂府詩題用以批判時事，反映權貴的腐敗淫亂，發揮了樂府詩的社會功能。

長安水邊多麗人

俐落飛揚的線條，帶動著或方或尖、起收多貌的筆致，婉轉姿媚，明麗清揚，這「水邊」「麗人」景象，已鮮活在目了！「麗」「人」並置一格，故加「＝」符，表示為二字合文，否則誤讀為「儷」字了！

態濃意遠淑且真

承上寫「麗人」而用細白文，婀娜窈窕，流麗婉約。帶弧的曲線，似含盈盈笑意，在端整格線的軌範裡，有著輕柔的優美，自在雍容。二字作合文在一格，是七言詩排入六格印常需的布局手法。左上角的「淑且」，即用此法，屈伸挪讓，和協自然。

肌理細膩骨肉勻

圓潤勻細，疏密自然，穠纖合度——如見美人肌膚、骨肉，是此印結構線質所欲呈現者，「骨」字下有「肉」，故為合文，以「＝」表重複「肉」形。

炙手可熱勢絕倫

東漢碑額篆體多提挫變化，清人承人，使小篆有更豐富的筆致表現。本印使筆翻騰尤奇：「炙」、「手」、「可」多中鋒圓渾；「熱」下之「火」、「勢」之右旁、「絕」之末筆、「倫」之「人」旁與「冊」之右迴，則將筆勢方折翻轉，陡然提細換鋒，迅疾駭人，特出神采。「手」、「可」併疊似合文，亦巧。

月夜

今夜鄜州月，閨中只獨看。
遙憐小兒女，未解憶長安。
香霧雲鬟濕，清輝玉臂寒。
何時倚虛幌，雙照淚痕乾？

解讀：

本詩寫於至德元載（公元七五六年），杜甫四十五歲，此時唐代正遭逢安史之亂，杜甫在長安陷賊坐困，與居住於鄜州的妻子分隔兩地，因此在中秋月圓之際，寫下這首動人的情詩。首二句由景興情，身在長安的自己猜想著處於鄜州的妻子也正孤獨地賞著月光，杜甫運用「對面著筆」的手法，含蓄地透露思念妻子的訊息，而一家人無法團圓的原因，正是因為國家遭逢動亂，因而思念中又帶著悲哀的心情。第三、四句仍以想像口吻，寫兒女尚且童稚，不能體會母親思念隻身長安的丈夫，使得孤獨感更加強烈。第五、六句則猜想鄜州月下的妻子因久立而「鬟濕」、「臂寒」，杜甫勾勒了唯有丈夫能夠擁有的女性之美，可見杜甫對妻子的深情思念。末二句則將團聚的希望放至未來，期盼兩人能一起賞月而不再孤獨流淚。全詩以想像的虛寫寫成，而情感卻格外真實，家人因戰亂而分離，便必須等戰亂平息才得以重逢。杜甫詩常以小我的情感寫大我的胸懷，家國一體的精神，在本詩中顯露無遺。

遙憐小兒女
未解憶長安

離亂兒女之思自古而然，老杜思念兒女，竟反謂兒女癡小，不懂思念老父，何其直截？又何其可愛？故印文用漢印方勁法，參以古隸分書之短捺收尾，微見情趣，如「憐」、「憶」之豎心旁，「兒」之下部，「女」、「未」、「長」、「安」之撇捺，都透露一種莞爾筆趣，為父思兒之情，當復如斯矣。

春望

國破山河在，城春草木深。
感時花濺淚，恨別鳥驚心。
烽火連三月，家書抵萬金。
白頭搔更短，渾欲不勝簪。

解讀：

本詩寫於至德二載（公元七五七年），杜甫四十六歲，杜甫身陷動盪的長安，有感於戰亂而作。首二句直接點明了「國破」的主題，在繁盛的春天，國家卻衰頹殘破，這樣的悲傷與憾恨，杜甫在三、四句中藉沒有主觀情緒的「花」及「鳥」卻因戰亂而「濺淚」及「驚心」，產生移情效果，襯托了杜甫心中對時事的傷感及與家人分別的憂愁。第五、六句繼續將國事與家事連繫起來，國勢不安則家人難聚，與家人久未通訊的杜甫感到惆悵，因此最後兩句感嘆起自己年歲的滄桑，而其中的悲哀，便同時包含了對時局的憂患及對親人的思念。本詩有兩大特色，其一是藉春天的美景寫戰亂的哀情，這是杜詩中常見的襯托手法；其二則是將小我與大我相互映照，緊緊連繫，展現杜甫時時都以家國為念的愛國情懷。

家書抵萬金

用戰國平肩方足布的形制擬「萬金」之意。「抵」字藉布幣中線畫分左右兩偏旁，似在說明「家書」與「萬金」之等值，戰亂分離時家書之珍貴可知矣。印本方形，故留邊廓底面，以擬銅質貨幣墨拓時景象。

羌村（其一）

崢嶸赤雲西，日腳下平地。
柴門鳥雀噪，歸客千里至。
妻孥怪我在，驚定還拭淚。
世亂遭飄蕩，生還偶然遂。
鄰人滿牆頭，感嘆亦歔欷。
夜闌更秉燭，相對如夢寐。

解讀：

本詩寫於至德二載（公元七五七年），杜甫四十六歲，當時杜甫因上疏營救遭罷相的房琯而觸怒肅宗皇帝，因此被敕令放還，自鳳翔至鄜州探視家眷。羌村位於鄜州城北，杜甫返家後寫下了〈羌村〉三首，記錄與親人重逢的心情。此所收錄的是〈羌村〉的第一首，主要表現抵家後久別重逢的欣喜之情。前二句敘述時空背景，首先形容回家時正是夕陽西下、薄暮冥冥時分，第三句寫鄉村的樸拙情景，第四句則寫自己這「千里歸客」終於落腳故鄉。第五至八句真誠地流露了與親人相見的激動情緒，妻子及孩子看到自己的出現，先是「疑惑」、「驚訝」接著是激動地「落淚」，杜甫感嘆地道出，在世道紛亂的時候，能夠與家人活著相逢，實在是偶然的福氣，再次體現了杜甫將家事與國事緊緊連繫的寫作特質。末四句則延伸寫羌村鄰里的人情，眾人皆對杜甫的歸來驚喜又夾雜著感嘆，在這樣難得的相聚時光，即使到了夜闌時分，仍秉著燭光相對夜談，甚至不敢相信重逢是真實的，可見在亂世中，人間相聚的情分是如此珍貴。這首詩帶有陶淵明田園詩歌的風味，在紛亂的世局中，保有一絲與家人相伴的滿足。

相對如夢寐

這是一個很具畫境的印面構圖：「相」、「對」二字在右半邊，「相」字從「目」，是眼巴巴的思念；「對」字象人合手對物有所祈願；「如」字從「女」從「口」，表順從人言之意；「夢」字本象屋內有人臥牀而睡，因作夢而眉睫翻動；「寐」字從「未」，未即昧，表昏昧而睡。整體畫面，則似屋內一人彷彿夢見妻子自外歸來，而樹蔭重隔，既見對晤，又恍然如夢了！

贈衛八處士

人生不相見，動若參與商。
今夕復何夕。共此燈燭光。
少壯能幾時，鬢髮各已蒼。
訪舊半為鬼，驚呼熱中腸。
焉知二十載，重上君子堂。
昔別君未婚，兒女忽成行。
怡然敬父執，問我來何方。
問答未及已，驅兒羅酒漿。
夜雨剪春韭，新炊間黃粱。
主稱會面難，一舉累十觴。
十觴亦不醉，感子故意長。
明日隔山嶽，世事兩茫茫。

解讀：

本詩寫於乾元二年（公元七五九年），杜甫四十八歲，當時杜甫為華州司功參軍，自洛陽返回華州的途中，巧遇老友衛八，因而有感創作此詩。首二句點明核心，在通訊不便的時空背景中，朋友間的闊別難以預期下次的重逢，正如參星與商星在天際中遙遙相隔。第三、四句寫偶然間與隱士老友衛八聚首，共享美麗的夜晚，使杜甫心情激動。第五句至第十二句則寫對歲月流逝的感嘆、對同輩友人辭世的感慨，兩人久別二十年，當時還是少年的彼此，如今已成家生子，人生的倏忽與變化，使杜甫百感交集。第十三至二十句生動地描繪與衛八及其子女的互動，展現衛八的好客、兒童的純真及兩人真摯的情誼。末四句寫對衛八情意的感動及飲酒暢談的快意，一方面表達久別重逢的喜悅，同時也流露對此次分離後，不知此生還能否見面的感傷。此詩寫亂世中偶然的相逢、故人溫暖熱切的情誼，卻也在喜悅中暗陳了對人生漂泊的悲哀。

今夕復何夕

這也是極具畫境之印。「今」字本象鈴舌，借為時間詞。「復」字象窟洞穴居，步下階梯有複道複穴之形。「何」字象人荷戈回望，借為疑問詞。「月」、「夕」古同形。畫面闃黑，一人翻山越嶺，肩荷重擔，步往不知名處。前方有明月如鉤，驀然回首，追憶昔時月色，古今對比，現實與夢境相參。正是「今夕復何夕」的複雜心靜，與「乍見翻疑夢，相悲各問年」異曲同工。

少壯能幾時
鬢髮各已蒼

老，是人生的必然。髮蒼蒼，視茫茫，卻有了少壯所無的人生閱歷。舊友重逢，何等欣喜，有歡愉、有慨嘆，而生老病死，大化之自然，雖略以髮蒼蒼為感傷，實亦壑達也，故選用勁健蒼莽筆致刻此，痛快淋漓，如對老友、飲老酒也。

「各」、「已」合文。

新婚別

兔絲附蓬麻，引蔓故不長。
嫁女與征夫，不如棄路傍。
結髮為妻子，席不煖君牀。
暮婚晨告別，無乃太匆忙。
君行雖不遠，守邊赴河陽。
妾身未分明，何以拜姑嫜？
父母養我時，日夜令我藏。
生女有所歸，雞狗亦得將。
君今往死地，沉痛迫中腸。
誓欲隨君去，形勢反蒼黃。
勿為新婚念，努力事戎行。
婦人在軍中，兵氣恐不揚。
自嗟貧家女，久致羅襦裳。
羅襦不復施，對君洗紅妝。
仰視百鳥飛，大小必雙翔。
人事多錯迕，與君永相望。

解讀：

此詩寫於乾元二年（公元七五九年），杜甫四十八歲，為杜甫詩作中有名的「三別」作品中之一，杜甫選擇漢魏樂府民歌題材創作，乃是此詩的內容情節反映了亂世中民間兒女之情。從題目來看，詩歌內容以一對「新婚」夫妻寫起，首二句以「兔絲」與「蓬麻」起興，女子都希望自己能夠依附如「松柏」般強壯的丈夫，然而自己卻僅能依附引蔓不長、如蓬麻般不夠挺拔的丈夫，其中的原因，便來自於丈夫必須倉促從軍。因此，第三至十二句則是女子心情的自白，古代婦人出嫁後三日至夫家祖墳祭祀後，才算是真正的「成婚」，然而詩歌中的夫婦卻「暮婚晨告別」，因此使女子有「妾身未分明」的委屈，因此在第十三至十八句中，回想未嫁時受到父母呵護，而如今卻必須沉痛地面對丈夫如同送死地從軍，不禁悲從中來。然而自第十九至最後一句，女子卻轉以堅強、勇敢的心態叮囑即將從軍的丈夫，希望他能「努力事戎行」而自己亦能「羅襦不復施」、「與君永相望」地守貞等候，並期盼兩人終能重逢。全詩以女子口吻傾訴亂世之中難圓兒女之情的悲哀，同時也展現了人性的光輝。

無乃太匆忙

草書入印較少見，因為印章重在典雅高古，所以常用籀篆古文。詩云「太匆忙」，故試以草字為之，古稱「匆匆不暇草書」，指寫信用草字最雅，太匆忙時則無法細心作草，只得以楷行書應之，可知作草書絕非倉促，此印以草入印，也在提醒作草字當調控節奏，若奔馳太快，則誡曰：「無乃太匆忙」也！

與君永相望

此印以戰國楚簡帛書入印，楚書略扁而橫勢飛動，在印面布局中略調整其橫弧角度，濟以渾厚線質，則與樸實真摯詩意或更貼切。「永」字為此重心，流動而樸茂；「相」字「目」旁似關懷之眼垂視，思憶情深；「君」、「望」穩居左右，使全印安定平和。

石壕吏

暮投石壕村，有吏夜捉人。
老翁踰牆走，老婦出門看。
吏呼一何怒，婦啼一何苦。
聽婦前致詞，三男鄴城戍。
一男附書至，二男新戰死。
存者且偷生，死者長已矣。
室中更無人，惟有乳下孫。
有孫母未去，出入無完裙。
老嫗力雖衰，請從吏夜歸。
急應河陽役，猶得備晨炊。
夜久語聲絕，如聞泣幽咽。
天明登前途，獨與老翁別。

解讀：

本詩寫於乾元二年（公元七五九年），杜甫四十八歲，與〈新安吏〉、〈潼關吏〉合稱為「三吏」。石壕村位於洛陽與長安之間交通要道上，杜甫自新安至潼關的路上行經此地，因親眼見官吏強行捉人從軍，有感而作。首四句交代背景，官吏為了捉人從軍，刻意在「夜晚」突襲百姓家，而所捉的對象竟然是「老翁」，老翁驚慌躲避，只留老婦與官吏對質。第五至二十句則是官吏與老婦的對話，在官吏盛怒的情形下，老婦自陳家中三名壯兒都已從軍、甚至戰死，家中只剩老婦、媳婦與幼孫，且生活貧困，衣無完裙。面對官吏的強勢，老婦無奈地表示若官吏執意捉人，自己願意隨官吏至軍中，還能為征夫們準備炊食。末四句則藉杜甫視角寫出，老婦最終竟真的被官吏捉走，媳婦、幼孫及杜甫則幽咽哭泣，最後一句「獨與老翁別」的「獨」再次點出官吏強捉老婦、徒留老翁的殘酷。可見當時徵兵已役及老婦的慘況。杜甫「三吏」、「三別」多是感事而作，並以樂府形式書寫，可說是詩歌「即事名篇、無復依傍」的起始，中唐詩人元稹、白居易之新樂府運動，實受杜甫影響甚鉅。

獨與老翁別

老杜詩意悲苦，結語在此五字，迴應前文，以示老婦亦被徵調入營「備晨炊」。選此句刻石，鈐於贈別之書畫作品上，以「老翁」指白髮之任安，其山谷之奪胎換骨法也。

篆隸合參以入印，於婉通中多作拗折，呼應詩意之淒苦、沉鬱、頓挫、重厚、老拙。「獨」、「翁」、「別」之黏邊，「與」之豎畫沉入底線，如陷泥淖，留下一「老」字在中間孤立，上下疏離，愈見〈石壕吏〉之詩意也。

夢李白（其一）

死別已吞聲，生別常惻惻。
江南瘴癘地，逐客無消息。
故人入我夢，明我長相憶。
恐非平生魂，路遠不可測。
魂來楓林青，魂返關塞黑。
君今在羅網，何以有羽翼？
落月滿屋梁，猶疑照顏色。
水深波浪闊，無使蛟龍得。

解讀：

本詩寫於乾元二年（公元七五九年），杜甫四十八歲，杜甫與李白曾在少時一同遊歷齊趙一帶，天寶四載二人分別後不再相見，李白於乾元元年因入永王李璘幕府而遭流放夜郎，雖第二年便遇赦而東還，但杜甫在不知李白東還的情形下，因擔憂李白遭遇，而夜夢李白，進而創作這兩首詩。第一首言對李白的思念與掛心，首四句點出「悲莫悲兮生別離」的情緒，第五至八句則因沒有「逐客」李白的消息，而日有所思，夜有所夢地夢見故人李白，因此感到欣慰。但第九至十二句的情緒卻急轉直下，擔心夢見李白是因為李白已經去世才「托夢」杜甫，因而感到惶惑。末四句依舊展轉於欣慰與疑惑中，並勉勵李白在險惡的江湖中，要懂得保護自己，提防小人的陷害。因題為「夢」李白，因此本詩表現了夢醒時分，似真似幻的恍惚情狀，從中寄託了牽掛故人的深情繾綣。

生別常惻惻

印文極雄放、勁健，用側勢橫強的篆書筆畫，凸顯了「惻惻」的悲愴。生離死別為人生必經之慟，其悲慟在內心沉鬱，故其線質行進為頓挫；其憂傷流瀉外表，則有悽惻踴號，或低泣、或號哭，如筆觸之粗豪與細宕，頓挫紛披，具現形質。

「惻」下「＝」則為重文符。

落月滿屋梁

杜甫懷李白，以月光照屋梁之悠景，擬李白之容顏，故本印以略圓之外框，揣擬月輪之狀，外圍四弧，又似月暈環周。「月」字縮小在中間，「落」、「滿」、「梁」三個水旁生動變化，如月光流瀉、映照滿屋梁，而樸厚線質，又似老杜思友之摯情矣。

夢李白（其二）

浮雲終日行，遊子久不至。
三夜頻夢君，情親見君意。
告歸常局促，苦道來不易。
江湖多風波，舟楫恐失墜。
出門搔白首，若負平生志。
冠蓋滿京華，斯人獨憔悴。
孰云網恢恢？將老身反累。
千秋萬歲名，寂寞身後事。

解讀：

承上首詩所述，〈夢李白〉的第二首寫前作未能道盡之情，是杜甫多次夢見李白而作，更顯深情。所以第三句言「三夜頻夢君」可見對李白的掛心，「情親見君意」更直率地坦言對李白的思念。第五至十句則描述夢中情景，寫李白對杜甫傾訴自己的不安與痛苦，在險惡的世局中，嘆息自己的壯志遭辜負而無法伸展，甚至被流放他鄉。第十一至十六句則是杜甫醒後的感發，「斯人獨憔悴」說明了李白才華出眾，卻在「冠蓋滿京華」小人羣聚的當世，成就落空而憔悴，甚至在身老之時還反遭罪累。此詩可見杜甫對李白的至情至性，不僅是對才子遭遇的惋惜，也是對兩人情誼的深情表現。

若負平生志

老杜詩云：「書貴瘦硬方通神」，此印特以「瘦硬」書之，懷素自敘帖云：「壯士拔山伸勁鐵」，「勁鐵」二字可以為此印文線質之註腳。戰掣提頓，使筆觸如銅筋鐵骨，各字的穿插扣合，又使行氣緊密、真氣瀰滿。「志」字收尾參以隸法，誇張捺筆，雄豪奇特，似一酬平生壯志也。

千秋萬歲名

「千秋萬歲」為漢瓦當常見之吉語，故以方磚拼排之法，逆時針迴文讀之。「名」，功名，有當世名，有身後名。「功成名就」者，享當世名也；「千秋萬歲名」者，則恐多為身後名也。身後世界不可期，因此以反白文刻「名」字，置諸四字之中，方圓並濟，朱白相反，正如此幻化之人生也。

月夜憶舍弟

戍鼓斷人行，邊秋一雁聲。
露從今夜白，月是故鄉明。
有弟皆分散，無家問死生。
寄書長不達，況乃未休兵。

解讀：

本詩寫於乾元二年（公元七五九年）的秋天，當時杜甫辭去華州參軍，帶著家人流寓至秦州，想起四位弟弟僅杜占隨行，其餘三人散居各地，因而寫下這首思念手足的作品。首二句以鴻雁起興，由於鴻雁常以人字形羣飛，所以古人以「雁行有常」稱兄友弟恭，戰爭使人間手足流離分散，「一雁」即是孤獨的自己的投射。第三、四句的「白露」、「明月」等秋景，本是應團圓供賞的美景，觸發了杜甫心中與手足分別的痛苦。第五、六句寫人生最大的悲哀，來自明明有兄弟卻分散天涯，不僅流寓他鄉，甚至不知手足是生是死。末句的「未休兵」扣回首句的「戍鼓」，不僅感慨手足的分散，也流露對戰亂的擔憂。本詩從秋月、秋雁起興，在「憶弟」的主題中仍心繫國事。杜甫概括了安史亂中人們遭遇憂患的現象，再度展現了以小我生命觀照大我國勢的創作特質。

月是故鄉明

彎月高掛天隅，是思念之所繫。他鄉之月亦月，惟見時多隻身飄零、孤苦無依，而故鄉見月，則有親情溫暖，其「明」光使內心和煦安定。「鄉」字如遊子歸家，與親人對坐圍爐；「明」字如月光透窗，照映滿地，因此略留地紋，更增綺思。

天末懷李白

涼風起天末，君子意如何。
鴻雁幾時到，江湖秋水多。
文章憎命達，魑魅喜人過。
應共冤魂語，投詩贈汨羅。

解讀：

本詩作於乾元二年（公元七五九年），杜甫四十八歲。此詩作於秦州，詩人流落西北邊陲，在秋意襲人的風中，懷念被貶謫至遠方的李白。詩中「鴻雁」有傳書之意，「幾時到」則意味兩人書信不通；「江湖秋水」暗指世間險阻，此句回扣上句，說明音訊不通的原因。「文章」一聯感慨李白文才高妙卻運命蹇惡，其任真之天性，正成為「魑魅」，也就是傳說中的精怪，現實中的小人所危害之目標。杜甫於此做激憤之語，足見他對李白遭遇的不滿與同情，亦可見杜甫視李白為手足兄長的深厚情誼。末聯以遙想方式作結，杜甫認為李白懷才含冤，堪比擬屈原，因此懷想李白舟過汨羅江屈原投水處，必會悲感兩人千古共同命運而投詩江水。全詩淒冷清幽，語調悲沉，既哀李白，亦有嘆己之意。而對友人的遭遇及深深之懷念，更見杜甫的一片深情。

君子意如何

質樸渾厚的線條，訴說了詩文的本義，不過度修飾的布局，卻在「君子」的合文組構裡、「如何」的長線提按裡，隱現著匠心的細緻獨運。「曖曖內含光」，是一種可以慢慢玩味的美。

江村

清江一曲抱村流，長夏江村事事幽。
自去自來梁上燕，相親相近水中鷗。
老妻畫紙為棋局，稚子敲針作釣鉤。
多病所須惟藥物，微軀此外更何求？

解讀：

本詩作於唐肅宗上元元年（公元七六〇年），杜甫四十九歲。去年冬天杜甫歷經千辛萬苦，從北方來到了富庶而溫暖的四川，在友人的幫助下，於成都浣花溪畔建成了「草堂」，在此度過了人生裡最恬適的歲月。此詩正是對這種生活的描述，首聯以一「抱」字點出大環境的可親可愛與安穩無虞，中間四句即是對「事事幽」說明：燕子之自由可證詩人心靈與行跡之不遭拘束，水鷗之相親則見詩人無機之心。棋局垂釣皆屬閒事，反映生活之悠哉，而詩人特意描寫了「畫紙」、「敲針」之動作，特別表現杜甫在細微處見其體物精妙的詩法，這兩個意象表現了物質生活雖然缺乏，但自食其力依然可以得到身心之快慰。末聯以「多病」感慨年華漸老，全詩以「更何求」顯示了知足之意。此作通篇以「幽」字為主，意即在尋常小事中皆有可體會之機趣，平易自然中卻耐人尋味。

長夏江村事事幽

江村幽境，夏日閒居，是何等悠然景致！各字下垂的頎長婉秀引筆，在在揭示著不同的曼妙靈秀，緩緩畫入朱地，從容優雅，自在搖曳。

炎炎夏日，避暑江邊小村，其幽趣若何？且從這多姿的結體與線條裡覓去！

自去自來梁上燕

梁上燕子，輕飛來去，自由自在，令人神往！細讀印文，兩個「自」字，渾圓茂密，竟似燕巢搭連，而雛鳥探首，饒具生意。

印面中段、下段各有一大片留白，以營造空間：地面至屋梁之距離感，而燕飛直上梁間，在末行三字也已生動地「繪」出景象了！

註 詩句刻者誤植

蜀相

丞相祠堂何處尋，錦官城外柏森森。
映階碧草自春色，隔葉黃鸝空好音。
三顧頻煩天下計，兩朝開濟老臣心。
出師未捷身先死，長使英雄淚滿襟。

解讀：

此詩作於上元元年（公元七六〇年），杜甫四十九歲。杜甫到成都後，生活安定下來，便要一訪他最崇拜的歷史人物——諸葛亮，諸葛武侯之祠堂正在「錦官城」（即成都）外。首二句以「尋」字為主，暗指這位偉大的政治家，在後世並未受到人們的普遍重視。頷聯用「自」、「空」二字，寫出春色盎然，但祠堂冷清寥落之情況。頸聯中，詩人用傳誦千古的兩句詩總結諸葛亮一生的事業，「三顧茅廬」寫其政治遠見；亦寫出劉備之禮賢下士，終於得覓良相。而「兩朝」則寫諸葛亮既能輔助劉備之開國，又能協助劉禪之治國，「老臣心」一語道破他不為己謀、但忠國事的高貴情操，而這何嘗不是杜甫面對玄宗、肅宗兩朝時所懷抱的心情呢？尾聯則嘆命運之弄人，英雄無法匹敵上天的安排，有志懷才無法盡數伸展，這是千古英雄的共同悲哀。杜甫此作亦寄託了個人政治的懷抱，為史上詠讚諸葛亮之第一名篇。

映階碧草自春色

三行布局如拾階而上，碧草聯翩，春意盎然，而繁花勝景，參差映現，故用茂密隸體，刻錄詩文，使駘蕩春色與雄秀筆致相輝映，疏落與密麗共交織。在空間的布白裡，如見春色矣。

「草」用古字「艸」，與「自」併置一格，如合文布置。

茅屋為秋風所破歌

八月秋高風怒號，卷我屋上三重茅。
茅飛渡江灑江郊，高者掛罥長林梢，
下者飄轉沉塘坳。
南村羣童欺我老無力，忍能對面為盜賊，
公然抱茅入竹去。
脣焦口燥呼不得，歸來倚杖自嘆息。
俄頃風定雲墨色，秋天漠漠向昏黑。
布衾多年冷似鐵，嬌兒惡臥踏裡裂。
牀頭屋漏無乾處，雨腳如麻未斷絕。
自經喪亂少睡眠，長夜沾濕何由徹。
安得廣廈千萬間，大庇天下寒士俱歡顏，
風雨不動安如山。
嗚呼！何時眼前突兀見此屋，
吾廬獨破受凍死亦足。

解讀：

此詩作於上元二年（公元七六一年），杜甫五十歲。杜甫以「歌」為題的作品多以吟歎之調表述個人失意，作品形式亦較不拘格套。此詩寫上天之捉弄，秋風吹捲去屋頂茅草，又寫人事忤逆，村童掠之而去，在「屋漏又逢連夜雨」的情況下，杜甫不僅沒有灰心或喪志，反而更加堅定了普惠世人的自我理想。此詩表現出中國古典詩歌裡「重」、「拙」、「大」的獨特美學。全詩寫其遭遇與困境，反應了知識分子沉淪於戰亂時代的悲哀色彩，感慨深沉，是為「重」；又以質樸無文的詩句、荒謬可笑之情境來表現其無助之感，是為「拙」；復以胸懷天下蒼生的意念作為面對人生困厄之精神，是為「大」。是知古典詩之美雖有悠然典麗之怡人者，但此類樸實無華、居仁由義的詩作，更表現出杜甫之所以為「詩聖」的人格與精神。

安得廣廈千萬間

老杜的豪情壯語，往往令頑夫廉、懦夫有立志！「廣廈」如何來？在印面上起造吧！七個字分置六個長方區塊，俯視如社區之規劃，側視則如高樓之層疊，各臻建築設計之妙。整飭中有疏密，方嚴中有圓婉，是漢印的巧妙變體。「千萬」二字合文處理，一如老杜廣廈之不可期，同歸無理而妙。

大庇天下寒士俱歡顏

弘願須以弘毅之字應之，渾樸雄健的線質是金文籀篆的特色；引曳撇捺的波勢，則是簡帛古隸常見的奇趣。其「波」如澹澹秋波、如盈盈笑眼，故能使畫面雄中生秀，拙裡見巧。金文籀篆與簡帛古隸，自然摻合之因在此。「大庇」、「天下」、「士俱」的合文方式，使九字印如六字布排，上密下疏，從容自得，「歡顏」之意是否躍然紙上？

風雨不動安如山

風吹雨斜，故篆勢在勁直中有婉曲，如風中勁竹，伸高節而益挺；晦雨雞鳴，引長吭以破曉。渾樸婉通，動中有靜，故其「安」，乃動態之安，調風順雨，自在安詳。結勢之妙，似在「安」、「如」曲筆對空間分割之協調勻淨。

不見

不見李生久，佯狂真可哀。
世人皆欲殺，吾意獨憐才。
敏捷詩千首，飄零酒一杯。
匡山讀書處，頭白好歸來。

解讀：

此詩作於上元二年（公元七六一年），杜甫五十歲。此時杜甫做了一系列以首二字為題目的五言律詩，此即其中之一，這類作品有一點即興所賦，無題為詩的味道。此詩有原注「近無李白消息」之語，亦為杜甫集中懷思李白的最後一篇作品。詩中以「佯狂」寫李白之懷才不遇的苦悶與自己為其知己之情，第二聯更明顯寫出世人對天才之無情。以下筆鋒忽轉，對李白之「才」展開詠歎，末以祝禱之語作結，「匡山」，在今四川的江油縣，是李白少年讀書之處，杜甫盼望李白能擺脫人間對他的嫉害，平安回到故鄉。在險惡的人世中，能夠全身而退、告老歸鄉已是難得的機遇，年過五十的杜甫依然流落西南，不得返回故鄉河南鞏縣的感嘆心情，是否也寄託在對李白的祝福中呢？

敏捷詩千首
飄零酒一杯

字在古隸與八分之間，撇捺盪漾，自在悠揚。界欄如竹簡長支，有規範之效，而長波伸展，交錯簡界，卻益顯結勢布局之緊密。拓落不羈，瀟灑行走，是詩意，也是印風。

匡山讀書處
頭白好歸來

整齊的方格布局，本是漢印的特色，此印在上下字間又刻意拉大留白，參用簡帛古隸與八分的曳長撇捺，使之在緊湊中有舒徐，於嚴整裡寓奔放。「處」、「頭」、「好」、「來」下部都有從容的揮灑，其他諸字則隨形繁簡屈伸、自然呈現，如在匡山隱讀，可以窮經皓首，不問世事矣。「匡」、「山」併入一格如合文。

聞官軍收河南河北

劍外忽傳收薊北，初聞涕淚滿衣裳。
卻看妻子愁何在？漫卷詩書喜欲狂。
白日放歌須縱酒，青春作伴好還鄉。
即從巴峽穿巫峽，便下襄陽向洛陽。

解讀：

上元三年（公元七六二年）年初，遜位的唐玄宗、在位的唐肅宗相繼崩殂，代宗於四月登基，改元「寶應」。當時安史叛軍連戰皆北，代宗寶應二年（公元七六三年），史朝義兵敗自盡，原本盤據河南、河北一帶的叛軍全數歸降，歷經八年的安史之亂終於結束。五十二歲的杜甫居於四川梓州，得知消息，便痛快地寫下這篇作品。全篇用一「忽」字展開，喜訊讓忠於國家的詩人喜極而泣，一時之間，這種歡欣簡直讓詩人手足無措，「青春作伴好還鄉」是他目前唯一能想到的人生規劃，那種和平降臨的喜悅、故鄉遙遠的召喚，一生愁苦的杜甫此刻終於可以暫時開懷。末聯是對「還鄉」的補筆，連用四個地名，彷彿其思緒已穿過其中，飛返故園。全詩一氣呵成，全無滯塞，可說是杜甫生平的快意之作。

白日放歌須縱酒

「白日」、「放」諸字上下錯落得宜；「歌」字穩定而舒展；「縱」字上出頂、左出邊，有縱逸之勢；「須」字為「鬚」之本字，左三道鬍鬚與「酒」字水旁三弧線相呼應，加上「須」下弓身人形之足板狀，饒富趣味。

登樓

花近高樓傷客心，萬方多難此登臨。
錦江春色來天地，玉壘浮雲變古今。
北極朝廷終不改，西山寇盜莫相侵。
可憐後主還祠廟，日暮聊為梁甫吟。

解讀：

此詩作於廣德二年（公元七六四年），杜甫五十三歲。杜甫原在閬州，本欲順江出三峽而歸故里，忽聞故人嚴武再被派任為劍南東西川節度使，因而改變行程返回成都，欲襄助嚴武治理四川及展開對吐蕃侵擾的反擊作戰。回到成都後，杜甫登高四眺，寫下了這篇雄渾蒼茫的傳世之作。詩以春景之美反襯時局的動蕩，「多難」指吐蕃去年入寇攻破長安，代宗出奔之史事，「此登臨」有浩嘆自己不能為國盡忠出力之意。「錦江」、「玉壘」為成都可見之山水，春色雖來，但人事如浮雲變幻無常，杜甫心中暗想朝廷如北極星，當恆在而不變動；若君臣齊心，吐蕃亦不當侵擾。末二句用三國蜀後主劉禪重用宦官而亡國之意，諷刺唐代宗重用魚朝恩等宦官掌朝政，以致出奔之禍。〈梁甫吟〉為諸葛亮躬耕南陽常吟誦之詩篇，有用智安邦之內容，杜甫「聊為」乃自況無謀獻計，只能徒然吟詩之悲。全詩首尾渾成，感慨無限。

萬方多難此登臨

四角之「萬」、「方」、「此」、「臨」字，均儘量貼邊近角，以騰出隙地，凸顯中間的「難」字。而「多」、「此」、「登」、「臨」的偏旁搭連構接，又似登山攀越之艱難繁困。章法、布局，頗費思量。

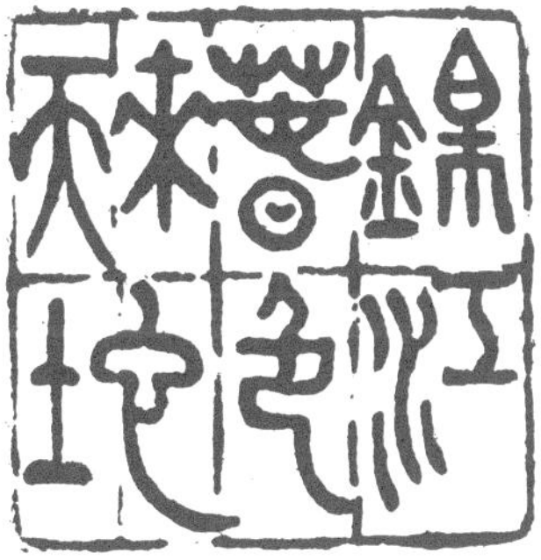

錦江春色來天地

七言詩，在方印中本不易排列，先前多以少筆畫字併作合文一格處理，此印則故為分化，將「地」字左右偏旁間加界線，似分為二字，以與其上「來」、「天」應和，而「錦江」大格，「春色」中格，至此小格，尚能自然協調，是善玩漢字空間了。

旅夜書懷

細草微風岸，危檣獨夜舟。
星垂平野闊，月湧大江流。
名豈文章著？官應老病休。
飄飄何所似？天地一沙鷗。

解讀：

此詩創作時間有二說，一為永泰元年（公元七六五年）杜甫由雲安往忠州時作，一為大曆三年（公元七六八年），在湖北荊門所作。此詩寫其旅況及心中對自身之回顧，「危檣」乃夜晚降下船帆的桅桿，高聳孤立，如詩人自身之孤獨，危，高也。頷聯為「因果句」法，因見遠天之星，垂於地平線上，方知原野之遼闊，更襯自我之渺小無適之感；月影與大江一同湧動，如時光之浩瀚奔流。兩聯視野闊大而用字奇絕。頸聯反顧自身，杜甫自詡有經綸之才，不甘僅做一文采動人的詩人；其休官因忤帝意而非真為老病之故。杜甫此句或有再度出仕之意，但又恐已無施展之機會。末聯以一孤鳥喻自身飄泊，沙鷗之渺，天地之大，正似詩人之無處可歸。全詩寧靜中帶有淒涼色調，生動的意象中流露寂寞感傷之情。

星垂平野闊
月湧大江流

用八分隸書撇捺的波勢，比擬江河上月光的流湧；用寬疏的布局留白（紅），勾勒平野的遼闊。在文字與意象之間，既不過於寫實，也不孤立在文字結構本身——開張的筆勢，跳宕的線質，詩意似能隱現其間！

飄飄何所似
天地一沙鷗

樸厚、蒼莽的線條與結體，在疏落又似齊整的紅地舒展。界格的拘縶，應和著詩文上一句「官應老病休」的企圖解脫，而人生如寄，飄然天地間，羈旅他鄉，又何勝「一沙鷗」之飄零落寞之感？雖視茫茫、髮蒼蒼，體態已漸龍鍾，而「骨氣乃有老松格」，此印力求氣韻之精妙能與詩合。

秋興八首（其一）

玉露凋傷楓樹林，巫山巫峽氣蕭森。
江間波浪兼天湧，塞上風雲接地陰。
叢菊兩開他日淚，孤舟一繫故園心。
寒衣處處催刀尺，白帝城高急暮砧。

解讀：

〈秋興八首〉為杜甫創體「連章七律」之名篇，為杜甫一生詩歌成就的最高峰。此詩作於大曆元年（公元七六六年），時杜甫五十五歲，居於夔州（今四川奉節縣）。

此詩寫秋天之到來觸動詩人懷鄉之情。首句以「凋傷」寫楓林之染紅，詩人驚覺秋天到來，放眼江山，一片蕭瑟疏落的景象。次聯一寫由下而上的波浪，一寫由上而下的陰雲，意象滂薄奇礫。第三聯轉入自身，杜甫見叢菊兩開而落下飄泊異地之淚，而亦感到自己心繫故園而不能忘情。秋天是百姓趕製冬衣的時節，古人製衣，往往先以木杵敲打布匹使其柔順，「砧」聲即木杵落在石砧上的回響，往往寓有空洞寂寥、淒清冷落之意，正是詩人此刻心境之寫照。此詩以「楓」、「菊」、「砧」等意象緊扣秋天，寫出自己在蕭瑟中，一片「故園之心」無所依託的羈情。

江間波浪兼天湧

「江」、「波」、「浪」、「湧」四字水旁的變化，加上底邊波浪湧動的具象，詩意似已躍出紙上矣。

在婉秀中有勁挺，在緊緻中有離合，疏密得宜，從容自在。「兼」、「天」二字作合文布排，與「湧」字「水」、「勇」相併列，有離合之趣。

孤舟一繫故園心

七個字如七位個性迥異之人，要同處一室，若無隔間分居，是很難和諧相處的。印人之法，或加界欄予以分離；或適性適所，各佔大小長寬，使之自然圓融、平和無爭。

此印採後一法，「孤」字、「故」字橫寬錯落；「舟」字狹長；「一」字橫小；「繫」字上寬下促；「心」字內收圓實；「園」字上平而寬闊，最難與其他字和諧相處，故左移接邊，留出右隙，全印氣韻始得生動。

八陣圖

功蓋三分國，名成八陣圖。
江流石不轉，遺恨失吞吳。

解讀：

此詩作於大曆元年（公元七六六年），時杜甫五十五歲。「八陣圖」傳為諸葛亮所布，有天地風雲龍虎鳥蛇等八種陣形，曾藉此阻敵，以保蜀漢之帝業根基。杜甫初到夔州即覽此古蹟，並述詠歎之情。前二句寫諸葛亮在人才輩出的三國時代卻能以其才智壓倒羣雄，「功蓋」即勳業最為顯著之意，而諸葛亮之八陣圖又為其功業中尤為不朽者。後二句爭議較大，「江流石不轉」一指陣圖之石壘保存至今，不因江流或時間而移動，亦象徵武侯之忠愛國家，精誠所至，千古不移。「遺恨失吞吳」乃據此句而言，以其才智之高、忠國之篤、陣形之妙，竟爾不能「吞吳」，更無法進一步一統江山，恢復漢室，誠乃諸葛武侯一生之遺憾也。後人目睹當年陣圖，想其憾恨，亦不免同感其無奈之悲情。此詩以精警的文字寫下對諸葛亮的欽仰與感嘆，是一篇絕妙的五絕詠史詩。

登高

風急天高猿嘯哀，渚清沙白鳥飛迴。
無邊落木蕭蕭下，不盡長江滾滾來。
萬里悲秋常作客，百年多病獨登臺。
艱難苦恨繁霜鬢，潦倒新停濁酒杯。

解讀：

本詩作於大曆二年（公元七六七年），杜甫五十六歲，在夔州。杜甫集中有多篇以重九為主題的作品，而以此詩藝術成就最高，明．胡應麟稱此詩為「古今七言律第一」，雖有誇張之嫌，但足見後人對此詩之推崇。此詩八句全部對偶，首聯點出秋來一片哀肅景象，頷聯極寫「落葉」與「逝水」兩個意象，前者象徵生命之走向衰頹，後者象徵時光並不因此而稍留，而前四句包含上下遠近之景，卻又寓有無限深意，足見杜甫創作能力之雄渾。頸聯每句各疊出四層意，作客為悲，常作客益悲，悲秋而常作客更悲，萬里之外而悲秋作客，其悲到達極致，此聯可見杜詩錘鍊詩句已達高密度表現之詩法。尾聯感嘆老病漂泊，重陽佳節所得不是歡會與健朗，而是傷逝生命，止酒哀感。全詩具有強烈深沉的悲劇意識，讀之令人黯然欷歔。

萬里悲秋常作客

但著一「悲」字，見一「秋」字，便讓筆致走向重拙悽感。杜詩「沉鬱頓挫」，雖不敢攀附，然印文點畫之間，又不免隨詩意步向此境。刀筆行進的阻澀疾遲，具現了作客他鄉的悲秋心境，瀰漫在行間字裡的，必然是遠方遊子的共同記憶吧！

觀公孫大娘弟子舞劍器行（并序）

大曆二年十月十九日，夔州府別駕元持宅，見臨潁李十二娘舞劍器，壯其蔚跂。問其所師，曰：「余公孫大娘弟子也。」開元三載，余尚童稚，記於郾城，觀公孫氏舞劍器渾脫，瀏灕頓挫，獨出冠時。自高頭宜春梨園二伎坊內人，洎外供奉，曉是舞者，聖文神武皇帝初，公孫一人而已。玉貌錦衣，況余白首；今茲弟子，亦匪盛顏。既辨其由來，知波瀾莫二。撫事慷慨，聊為劍器行。昔者吳人張旭，善草書書帖，數嘗于鄴縣見公孫大娘舞西河劍器，自此草書長進，豪蕩感激，即公孫可知矣。

昔有佳人公孫氏，一舞劍器動四方。
觀者如山色沮喪，天地為之久低昂。
燿如羿射九日落，矯如羣帝驂龍翔。
來如雷霆收震怒，罷如江海凝清光。
絳脣珠袖兩寂寞，晚有弟子傳芬芳。
臨潁美人在白帝，妙舞此曲神揚揚。
與余問答既有以，感時撫事增惋傷。
先帝侍女八千人，公孫劍器初第一。
五十年間似反掌，風塵澒洞昏王室。

梨園弟子散如煙，女樂餘姿映寒日。
金粟堆南木已拱，瞿唐石城草蕭瑟。
玳筵急管曲復終，樂極哀來月東出。
老夫不知其所往，足繭荒山轉愁疾。

解讀：

本詩可見杜甫之文采與詩意，在〈詩序〉中，杜甫倒敘入題，回憶童年往事，又補張旭草書之長進以為公孫之藝術成就佐證，無論章法安排與敘寫形容都相當出色。〈劍器〉、〈渾脫〉為兩支唐代樂舞，公孫大娘為民間藝人，卻以此曲成名，入宮在御前表演，壓倒宮中「宜春」、「梨園」中的表演者。此詩是杜甫晚年（大曆二年，公元七六七年）在夔州見公孫弟子李十二娘舞蹈，回憶舊事而作。全詩以公孫氏為主，李十二娘為賓，首四句寫公孫大娘藝業驚人，瞬間接以「四如句」，連用四個明喻讚歎其輝光；至最高潮處筆鋒忽轉，帶入李十二娘之表演，復藉李氏之舞回憶開元盛世，並感嘆時光之倏忽及興衰之容易，結以「樂極哀來」之意，徒留無限惋傷。此詩飛揚頓挫，接續高妙而往來迅疾，杜甫特意變幻章法，鑄練詩句，全詩之淋漓如公孫之舞劍器，如張旭之行狂草，是一篇內容與形式巧妙結合的佳構，足見杜甫刻意經營詩歌藝術的最高成就。

天地為之久低昂

傳聞張旭因見公孫大娘舞西河劍器，自此草書大進，「豪蕩感激」。詩中稱公孫之舞「觀者如山色沮喪」、「天地為之久低昂」，則張旭見之而化為狂草，氣勢「豪蕩」，使人深「感」而「激」動，亦屬常情。

此印之作，擬劍器之舞，點畫迴旋，在方池中縱意奔馳，或疾或遲，或動或靜，雖為篆字，但映帶鉤折處帶有狂草連綿之意。

江南逢李龜年

岐王宅裡尋常見，崔九堂前幾度聞。
正是江南好風景，落花時節又逢君。

解讀：

此詩作於大曆五年（公元七七〇年），杜甫五十九歲，時流寓江南，在潭州（今湖南長沙）所賦，杜甫不久後即去世。李龜年為盛唐時代之歌唱大家，深得玄宗寵信，兄弟三人富貴時逾王侯，曾在玄宗弟岐王李範、殿中監崔滌等名流家演出，與杜甫為舊識。然安史亂後家業無存，龜年老邁，流落江南以賣唱為生，良辰美景，清謳悽惻，使人掩泣罷酒。杜甫此詩著眼一「逢」字，前兩句為昔日相逢之榮景盛況，後二句寫今日相逢之淪落辛酸，全詩通過（時間）今／昔、（地理）北方／江南、（朝政）盛／衰、（人物）年輕／老邁、（際遇）榮華／淪落……等多組對照，刻劃出一片滄桑之感。雖寫龜年，實寓己悲，在江南爛漫的春光中傷悼昔日之青春不再，徒增無限惆悵。此詩用七言絕句的方式來表現，僅於詩末點出「又逢君」之實況便倏然而止，無任何補述或說明，亦不見評論或抒情之字句，但兩人含悲相問之態，欷歔感慨之意已在讀者心中，杜甫此詩正是中國古典詩「言有盡而意無窮」的高妙詩法。

飲中八仙歌

知章騎馬似乘船，眼花落井水底眠。
汝陽三斗始朝天，道逢麯車口流涎，
恨不移封向酒泉。
左相日興費萬錢，飲如長鯨吸百川，
銜盃樂聖稱避賢。
宗之瀟灑美少年，舉觴白眼望青天，
皎如玉樹臨風前。
蘇晉長齋繡佛前，醉中往往愛逃禪。
李白一斗詩百篇，長安市上酒家眠。
天子呼來不上船，自稱臣是酒中仙。
張旭三杯草聖傳，脫帽露頂王公前，
揮毫落紙如雲煙。
焦遂五斗方卓然，高談雄辯驚四筵。

銜盃樂聖稱避賢

飲酒者微醺最樂，在微「茫」中恣情放歌、任意高談，故其拓落不羈、跌宕自然，最為可貴，蘭亭敘名跡，即在此情境下產生。本印揣摩其詩境：「銜」字寬和穩定；「盃樂」偏側而走，似醉步蹣跚；「聖稱」大小左右挪移而相續，如搖似盪；「避賢」稍作矜持，然酒精之力，在不穩的結構間，彷彿又隱隱作怪了！

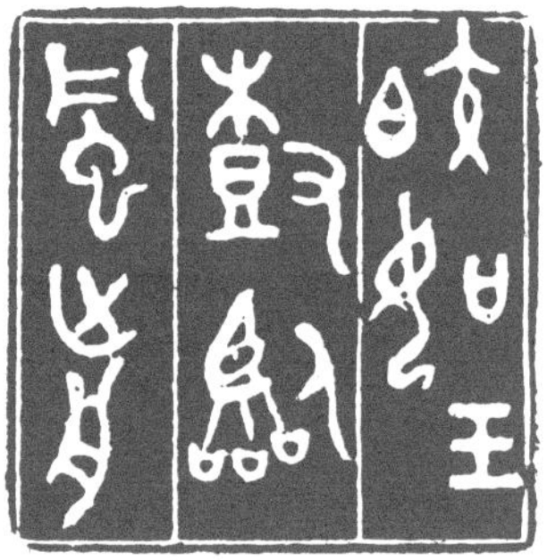

皎如玉樹臨風前

「玉樹臨風」，何等標緻，何等風神！令人懷想：細挺的白線界出欄格，如玉印碾砣出的堅勁線質；用銅器彝銘的清健雄肆結體入印，寬舒錯落，宛轉自然。點畫提按處，如眸子顧盼，清揚婉兮；又似伊人身影，玉樹臨風。詩云：「所謂伊人，在水一方」，彷彿得之矣。

揮毫落紙如雲煙

篆體頎長舒徐，相應於揮毫之從容，雲煙舒卷、悠悠澹澹，亦當如是也。「揮」字用古寫「麾」；「毫」亦借用「豪」字，「雲」字用古文「云」（非簡字也，唯部分簡體字即取源於古文），乃古人所常見之用法。「如雲」作合文處理，故六格納七字，協調自然，如煙雲自在也。

春夜喜雨

好雨知時節，當春乃發生。
隨風潛入夜，潤物細無聲。
野徑雲俱黑，江船火獨明。
曉看紅濕處，花重錦官城。

好雨知時節

逆時針迴文讀法。布局分左右二區，左區風吹雨下，狀至生動，「知」、「時」錯落有致，下方故作殘餘留底，似有雨漬漫地。右區「好」字如母攜幼子，嬉遊玩樂，「節」下從「即」，象人跪坐對簋而食，溫馨景象讓人心感。「雨」字的雨點尤有妙趣。

潤物細無聲

造物者大化流行、無聲無息。子曰：「天何言哉，四時行焉，百物生焉，天何言哉。」是以治印布局，務在化機巧於天成，融匠心以渾然，所謂「同自然之妙有，非力運之能成」，始臻上乘。

此印篆體婉通，「潤」字左右微作錯落；「物」字偏旁中分，留白、疏密有致；「細」字略小，安處字間、怡然自得；「無」字曲勁迴環，如舞春風(「無」是「舞」的本字)。「聲」字雖大，以其佔地多，自然樸茂。

戲為六絕句（選二）

王楊盧駱當時體，輕薄為文哂未休。
爾曹身與名俱滅，不廢江河萬古流。

不薄今人愛古人，清詞麗句必為鄰。
竊攀屈宋宜方駕，恐與齊梁作後塵。

不廢江河萬古流

甲金大篆構形大小錯落的特點，在此印又再度展現：「不」字較小；「廢」字借邊，上方斜屋頂與「不」字隱約平行扣合；「江」字水旁兼借「河」左旁與「流」之右旁；「萬」字頂天，遙與斜角之「廢」字相望；「古」字極小卻極自然；「流」字作左右兩水，但又將「㐬」下左右點與水旁併用。寬狹大小，從容自得，求設計於無跡也。

不薄今人愛古人

書譜云：「篆尚婉而通」，此印以婉秀線質作篆體，條暢通達，落落大方，而圓中帶方與尖，使神采益顯。各字起、收筆處，可見用心。「今」、「人」二字併入一格，如合文布局。

清詞麗句必為鄰

小篆體的清麗，是本印展現的重要氣質；柔婉清秀而不媚，雅麗淨勻而不妖，自然中帶有些許素樸的拙意，但求「大巧若拙」。

宿府

清秋幕府井梧寒，獨宿江城蠟炬殘。
永夜角聲悲自語，中天月色好誰看？
風塵荏苒音書絕，關塞蕭條行路難。
已忍伶俜十年事，強移棲息一枝安。

中天月色好誰看

「月」在中間天上，扣緊詩意；「天」字象人正面形，以大點標示顛頂；「好」字從「女」抱「子」，就形象說均為人形；「看」字用楷書結構——從手在目上，以示瞭望遠方。此三字在印下半，似人欲舉頭望月也。「色」字甲文從刀斷人，為「絕」的本字，借為顏色字，後上部訛作人形；「中」為立中之旗，有游帶飄揚。

隨形大小，靈動變化，疏密自然，是本印欲求之特色。

徐國能

東海大學中文系畢業，國立臺灣師範大學文學博士，現任教於臺灣師範大學國文學系。著有《歷代杜詩學詩法論研究》、《清代詩論與杜詩批評》等。

李沅珊

高雄人，畢業於國立臺灣師範大學國文學系、世新大學中文研究所碩士，現任教於臺北市立松山工農。著有《珠璣文選IV～VI》、《杜甫以賦為詩研究》。

李白

李白，字太白，號青蓮居士。生於唐武后長安元年（公元七〇一年），卒於肅宗寶應元年（公元七六二年），年六十二歲。自謂先世為隴西成紀人，曾流寓於西域，中宗神龍初年，始潛歸回蜀。

李白年少即有逸才，志氣宏放。十五歲學劍術，喜任俠，慕道，學神仙。年十九，遊梓州，依從趙蕤學習縱橫之術。開元十八年（七三〇年）初入長安，歷抵卿相，卻未能申志一展抱負。天寶元年（七四二年）因其詩名宏著，以及好友吳筠與玉真公主援引，得蒙玄宗召見，命為待詔翰林。在朝三年，因遭讒毀，故上疏自請放還。玄宗知其不可留，乃賜金詔許還山。同年秋，與杜甫、高適同遊梁宋。五十三歲時，三入長安，欲獻經世濟民之策而不果，遂又離開都城。天寶十四年（七五五年）安祿山叛變，隔年入幕於永王璘軍中，冀望有所作為，卻因皇室內訌，受到牽連而入獄，被判流放夜郎，後遇赦而還。晚年流落至當塗，依附於李陽冰家，未幾病重，終卒於當塗。

李白善寫各體詩作，尤長於樂府歌行。其詩運筆縱橫開闔，波瀾壯闊，辭采絢麗浪漫，清超俊逸，馳騁其天縱斑斕之想像力，為詩壇締造一豐富卓絕之藝術世界。著有《草堂集》二十卷。

長干行

妾髮初覆額，折花門前劇。
郎騎竹馬來，遶牀弄青梅。
同居長干里，兩小無嫌猜。
十四為君婦，羞顏未嘗開。
低頭向暗壁，千喚不一回。
十五始展眉，願同塵與灰。
常存抱柱信，豈上望夫臺？
十六君遠行，瞿塘灩澦堆。
五月不可觸，猿聲天上哀。
門前舊行跡，一一生綠苔。
苔深不能掃，落葉秋風早。
八月蝴蝶黃，雙飛西園草。
感此傷妾心，坐愁紅顏老。
早晚下三巴，預將書報家。
相迎不道遠，直至長風沙。

解讀：

〈長干行〉原為樂府詩題。長干，乃古代金陵地名，位在今日南京秦淮河南。此詩作於開元十四年（公元七二六年）李白初遊金陵之時，寫一女子的成長與婚戀的故事。詩之結構，可分為四段敘述。第一段從「妾髮初覆額」始，到「兩小無嫌猜」止，回憶童年與丈夫從小是青梅竹馬，兩小無猜。第二段從「十四為君婦」至「豈上望夫臺」止，寫出初婚少女的害羞，及至婚後深摯的愛戀。她心中常存《莊子》故事中尾生守約抱柱而死的癡情與誓言，但如何知道日後會有分離的痛苦呢！第三段從「十六君遠行」到「坐愁紅顏老」止，寫丈夫離家之後少婦的憂心與思念，因丈夫前行之地要經過瞿塘峽口危險的灩澦堆，故而擔憂丈夫遠行外地的安危。而她自己則是終日懷抱思念與等待，等到昔日等待的地方都已長滿綠苔，又已覆上片片飄落的秋葉了。看到西園雙飛的蝴蝶，對照自己的孤單，因憂思而更加傷心憔悴了容顏。第四段是從「早晚下三巴」至結束，猶懷深情寄語遠方的丈夫，當他踏上回程，少婦願意從長干遠到七百里外的長風沙去迎接他的歸來。走那七百里的長路去等候，一如她願意付出的綿長深情。

全詩情感婉轉纏綿，節奏悠緩，依照時間進行的順序，刻劃了一位平民女子由孩童的純真，到初為人婦的羞怯，到付出摯愛，直到與丈夫分別，內心的憂慮、悲傷、深情的心理過程與生活畫面。透過李白的詩，我們彷彿猶可見到這位極為溫柔婉約的女子形象。

常存抱柱信

尾生因守信抱柱而死的故事，是一個堅貞情感的代表。印文選取漢印篆的方折堅勁，已微露文辭內蘊。而末字「信」篆，刻意拉長變大，尤其凸顯「常存抱柱信」的守死不渝詩意。

相迎不道遠 直至長風沙

藉古隸草體的簡率字形，揣摩獨步長風沙的孤影與飄揚的衣帶，緩緩的踱步裡，有心中不肯定的偌多期待；有任性又放縱的瀟灑堅持；有素樸而唯美的思念情懷，在仿漢簡長條的界線間，訴說著亙古的追尋！

註　抱柱之信，見《莊子．盜跖》：「尾生與女子期於梁下，女子不來，水至不去，抱梁柱而死。」用以表示堅守信約，至死不變。

山中問答

問余何意棲碧山，笑而不答心自閒。
桃花流水窅然去，別有天地非人間。

解讀：

這是李白於唐玄宗開元十五年（公元七二七年），二十七歲時隱居於安陸（今湖北安陸縣）壽山時所作。前二句以問答體帶出李白棲隱碧山（即是壽山）的心境。「問余何意棲碧山，笑而不答心自閒。」一個「問」字，一個「答」字，已說明詩中有問者與李白二人。「笑」與「心自閒」，是一種悠然滿足、自在愉悅的神態。但這種自在滿足，閒適清寧的山居歲月與心境，卻無法以言語奉告對方，其意亦如陶宏景詩：「山中何所有，嶺上多白雲。只可自怡悅，不堪持贈君。」之所言，但文字更見淡遠含蓄，妙通造化。且「笑而不答」，儼然將問者所居的世界與李白所隱的山林劃然二分。後二句「桃花流水窅然去，別有天地非人間。」是以陶淵明〈桃花源記〉的文學符碼：「桃花流水」，繪出山林水流花謝花開的畫面，其境清遠出塵，超然物外，若有一片盎然的天機流動於天地之間。李白俯仰其間，也悠然進入山水的世界，與造化同其流行。這片非屬人間紅塵，別是一番天地的幽趣，只可心領神會，實是難以言傳。

笑而不答心自閒
別有天地非人間

一作朱文（陽刻）、一作白文（陰刻），印文皆為金文大篆，結體自由、大小錯落，自然生動。「笑而不答」處狹促有趣；「心自閒」處則舒展寬和，布置空間與詩文意涵隱約暗合。

黃鶴樓送孟浩然之廣陵

故人西辭黃鶴樓，煙花三月下揚州。
孤帆遠影碧山盡，唯見長江天際流。

解讀：

黃鶴樓，位於今日湖北武漢市的蛇山上，臨於長江江畔，從黃鶴樓可以俯看長江，相傳此地有仙人子安乘黃鶴過此，因得此名。此詩作於玄宗開元十六年（公元七二八年），李白二十八歲，隱居於湖北安陸，李白即是在安陸認識大他十餘歲的孟浩然。此是送別孟浩然遊廣陵（今江蘇揚州）的詩作。

首二句是以「故人」孟浩然為敘述主體，說明他要在暮春三月，繁花如煙的時節，順著長江東下遠去揚州。「黃鶴樓」是仙人行經之地，「揚州」則是東南地區景物繁華，人才風流之地。在這春意正濃，煙花絢麗的季節送別故友，心中雖有不捨的別情意緒，卻未見濃重的感傷，反有詩情隨著錦繡的春色，浩浩無盡的長江，而意興遄飛起來。

第三、四句則以李白為中心，寫出依依的離情。故友的船隻已經愈行愈遠，李白卻還一直站在江岸邊極目遠望，望到故人遠方微小的帆影隱沒在翠碧的山巒之後，唯見長江江水浩蕩，流逝天際。

此詩融情於景，色彩明麗，節奏明快，描繪的畫面空間極為開闊，且藉由遠望江山天際的帆影，寫出詩人綿長無盡的情意。

孤帆遠影碧山盡
唯見長江天際流

以西漢簡帛書的古隸體入印，結構在扁勢中有曳長筆致所產生的悠揚澹遠，與詩意相合。「山盡」、「江天」也運用併疊處理，類似古時的「合文」——兩個字合放在一個方塊空間裡。

長相思

長相思，在長安。絡緯秋啼金井闌，
微霜淒淒簟色寒。
孤燈不明思欲絕，卷帷望月空長嘆，
美人如花隔雲端。上有青冥之高天，
下有淥水之波瀾。
天長路遠魂飛苦，夢魂不到關山難。
長相思，摧心肝。

解讀：

這是一首擬古的樂府詩。玄宗開元十八年（公元七三〇年），李白三十歲時作。詩一開始即說思念的人在長安。深秋夜晚精美的井欄邊，紡織娘唧唧的蟲聲，更襯托出夜晚的深靜幽長。此時皎潔的月光正照在竹席上，透發涼冷的寒光，令人感到無限的淒清。接著，詩的敘述空間由月照竹簟的光線移動，從戶外轉向室內，室內唯有一盞搖曳不明的孤燈，陪伴這位思戀痛苦欲絕的人。他起身捲起帷簾，望月興懷長嘆。那相思的美人遙隔雲端，難以相見，即使到夢中追尋，依然無法得會芳顏，因上有高遠的青天，下有迂曲危險的波瀾。這般痛苦絕望的相思之情，足以摧折心肝。

此詩彷若是一首情詩，但詩意實祖屈原《楚辭》的比興作法，將國君比為美人，而那位受盡相思煎熬的人就是詩人自己。因為美人所在之地乃在「長安」，「長安」是唐朝的政治中心，詩由此引發與政治關係的聯想。此詩借求美人以為辭，寄寓了詩人的政治理想，與理想不得實現的深切痛苦。陳沆《詩比興箋》云：「此篇托興至顯。」

天長路遠魂飛苦

從「魂飛苦」發想，將古隸字形懸高、左右引長，以擬魂飛空中、既長且遠之狀。

長相思　摧心肝

參用甲骨金文於方盤的心形之中，「心」本安置，因相思之苦而摧裂，十分具象！

題元丹丘山居

故人棲東山，自愛丘壑美。
青春臥空林，白日猶不起。
松風清襟袖，石潭洗心耳。
羨君無紛喧，高枕碧霞裡。

解讀：

此詩作於開元十九年（公元七三一年），李白三十一歲。元丹丘，為開元、天寶年間的道士，李白詩集中贈給元丹丘或與元丹丘有關的詩有十餘首，可見二人為至交好友。時李白應元丹丘之邀，赴河南嵩山之南的潁陽山居。詩中首言元丹丘因愛潁陽山壑之美而棲居山林。三、四句形容他山中的生活：春日安臥林野，日已高照猶眠，過著山中無甲子、寒盡不知年的閒逸歲月。「松風」二句，乃言松風可清新其衣襟，清水可洗滌其心耳，這是象徵的說法，表示元丹丘的身心不為紅塵俗事汙擾之意。結尾二句呈顯李白對元丹丘山居歲月的羨慕。嚴羽評點「青春」二句曰：「斯何人哉！可與同夢。」

自愛丘壑美

「自愛」二字有一種自信與自得；而丘壑之美往往既秀麗且雄奇，所以印文選用渾樸而略帶婉秀的篆體白文，或密或疏——寬處可走馬，密處不容針，如行走於山林丘壑間，安步當車，悠然自在。

松風清襟袖 石潭洗心耳

大篆字體的錯落紛披，在此印中展露無遺，幾個水旁字形的變化，帶動全印的氣韻——彷彿一幅泉林山水圖，美景層出不窮，處處靈動生秀，引人尋幽探勝。

高枕碧霞裡

朱文篆體，婉通流美，五個字布放在三行中，「高枕」「碧」「霞裡」各佔一行，卻不覺得中間空隙太大，何故？因為「枕」「裡」都作左右偏旁組合，字形橫寬跨入中區，遂使空間協調勻當，宛如高枕碧霞，無有紛喧矣。

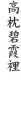

蜀道難

噫吁嚱！危乎高哉！蜀道之難，難於上青天。
蠶叢及魚梟，開國何茫然！爾來四萬八千歲，
不與秦塞通人煙。
西當太白有鳥道，可以橫絕峨眉顛。
地崩山摧壯士死，然後天梯石棧相鉤連。
上有六龍迴日之高標，下有衝波逆折之回川。
黃鶴之飛尚不得，猨猱欲度愁攀援。
青泥何盤盤！百步九折縈巖巒。
捫參歷井仰脅息，以手撫膺坐長嘆。
問君西遊何時還，畏途巉巖不可攀。
但見悲鳥號古木，雄飛雌從遶林間。
又聞子規啼，夜月愁空山。
蜀道之難，難於上青天，使人聽此凋朱顏。
連峰去天不盈尺，枯松倒挂倚絕壁。
飛湍瀑流爭喧豗，砯崖轉石萬壑雷。

其嶮也若此，嗟爾遠道之人胡為乎來哉！
劍閣崢嶸而崔嵬。一夫當關，萬夫莫開。
所守或匪親，化為狼與豺。
朝避猛虎，夕避長蛇，磨牙吮血，殺人如麻。
錦城雖云樂，不如早還家。
蜀道之難，難於上青天。側身西望常咨嗟。

解讀：

〈蜀道難〉原為樂府詩題。此詩應為開元十九年（公元七三一年），李白三十一歲初到長安之作，為李白的名篇。詩人賀知章於京師遇見李白時，讀到〈蜀道難〉一詩，對他運筆的縱逸瑰奇，連連稱歎不已，故稱之為謫仙詩人。此詩之題旨，歷來諸說紛紜，或以為專詠蜀地，或以為以蜀道奇險譬喻仕途難求，或說是送友人入蜀之作，或認為是諷刺玄宗幸蜀之非。

詩一開頭即用驚異的狀聲詞「噫吁嚱」帶出詩的主調：「蜀道之難難於上青天」，這句話在詩中重複出現三次，形成一唱三歎，波瀾疊復的迴旋韻律。詩從傳說中的蠶叢及魚鳧兩位蜀國國君說起，陳述蜀國開國時間悠久，已有四萬八千歲！這是李白慣用的誇飾法。接著便極力形容蜀道的高危險峻，不可攀越。其中結合神話渲染蜀道的驚險崢嶸，使之更增神異的色彩。其一用蜀王遣五丁開道迎娶秦國美女來蜀，不幸遭遇山崩活埋，山成五嶽的神話。其二用六龍為日神駕車，車遇蜀山而迴的神話。一言其道途艱難，二說其山勢高聳，連太陽神都遇阻而還。接著，李白又從黃鶴不得飛，猨猱愁攀援，青泥嶺上多盤折，捫星度越舉步艱，再次重言蜀道的難行。故而問入蜀之人何時還？蜀道所經之地是巉巖崔嵬，悲鳥號木，愁山荒涼的世界，「嗟爾遠道之人胡為乎來哉！」何需要去呢？

最後詩末李白對劍閣此一險要之地，提出「一夫當關，萬夫莫開。所守或匪親，化為狼與豺」的勸戒，那是「朝避猛虎，夕避長蛇，磨牙吮血，殺人如麻」的險域。從此段文字來看，使得此詩不單是純粹描寫蜀道奇險陡峻而已，宜乎有所寓意，隱然從中表現出李白對國事的關心，或對自己求取功名，仕途多險的憂慮。

此詩筆墨奇詭縱橫，以雜言、散文化的句子，馳騁李白天才詩人變化無端的想像力，為詩締造了一個瑰偉磅礡的藝術世界。唐殷璠於《河嶽英靈集》云〈蜀道難〉：「可謂奇之又奇，自騷人以還，鮮有此體調也。」

百步九折縈巖巒

用商代甲骨文的方折筆致入印，以呼應詩句的「九折」、「巖巒」。「百」字敧斜如崩雷墜石；「步」字象兩足登山，澀阻難行；「九」字勾屈彎折，若壯士拔山伸勁鐵；「折」字象持斧斤斷木，劈山開路景致恍然在目；「縈巖巒」三字則似山開萬仞峰，又有枯藤糾蔓，交相錯落，筆筆遙接，一氣呵成。

枯松倒挂倚絕壁

「枯松」是本印字眼，黃山老松，儼然在前。遂以西漢簡帛隸體為基質，故為搭接（如「倚」下連筆）、敧傾（「壁」字左上）、相錯（「絕」字右上），以呈現詩句景象。「枯松」合文，以「=」表重複「木」旁，亦有新趣。

一夫當關
萬夫莫開

「一」用戰國古文結構，從戈從一，左下的一，故作橫S形彎曲，以見動勢。因此，「莫」字日的中橫也彎曲以相應和。兩個「夫」字、兩個「門」字旁、以及「萬」與「莫」字的「艸」頭，都有所變化以求新意。

錦城雖云樂
不如早還家

彝銘籀篆的大小自如、生動錯落，再次展現於布局間：「云」、「不」極小而自得；「城」、「樂」、「還」極大而寬綽。「家」字收尾，屋下養豬以示為有家產，本是甲文結構，卻用金文線質巧妙轉化，遂能融入全篇構圖。

山中與幽人對酌

兩人對酌山花開，
一杯一杯復一杯。
我醉欲眠卿且去，
明朝有意抱琴來。

解讀：

此詩寫於開元二十一年（公元七三三年），首先點明李白與友人會飲的地點與時間，是在山中春花盛開的季節。第二句「一杯一杯復一杯」，相與連杯飲酌，說明二人的情誼友好。近體詩避用重出字，但是此句連寫三個「一杯」，彷彿可見二人連續對飲的動作，與對酌之樂。第三句化用陶淵明的典故，陶淵明性嗜酒，與友人會飲若先醉，便與客曰：「我醉欲眠，卿可去。」李白性情率真一如陶淵明，故言「我醉欲眠卿且去」。末句意味深長，留下聚飲的後約，同時也說明友人是一位善於彈琴的高士，二人在琴樂藝術方面是彼此的知音。此句把二人的友誼往來、生活情趣與生命境界頓時都拔高了。

我醉欲眠卿且去

以小篆的委婉，比擬飲者的肢體；用反刀的頓切擺盪，模仿醉客的步履；藉夸飾的曳捺（「眠」字末畫），凸顯酒人的偶爾張狂，最後收攝在較理性的「卿且去」——「卿」字象主客兩人對坐而食，「去」字下方的倒Ω形，則尤似主人微醺的噘嘴，嘟囔著送客啦！

將進酒

君不見黃河之水天上來，奔流到海不復回！君不見高堂明鏡悲白髮，朝如青絲暮成雪！人生得意須盡歡，莫使金樽空對月。天生我材必有用，千金散盡還復來。烹羊宰牛且為樂，會須一飲三百杯。岑夫子，丹丘生，將進酒，君莫停。與君歌一曲，請君為我傾耳聽。鐘鼓饌玉不足貴，但願長醉不用醒。古來聖賢皆寂寞，惟有飲者留其名。陳王昔時宴平樂，斗酒十千恣歡謔。主人何為言少錢？逕須沽取對君酌。五花馬，千金裘，呼兒將出換美酒，與爾同銷萬古愁！

解讀：

〈將進酒〉原為樂府詩題，將進酒，是勸酒之意。此詩約作於開元二十四年（公元七三六年），李白三十六歲。岑勛與李白做客於嵩山元丹丘處，三人登高會飲，歡樂無極，李白因是寫下此詩。

開頭即以雄放激浪，滔滔不絕的筆勢出之，運用兩組排比長句，誇飾的寫法，寫黃河有如從天而下，奔騰千里，東流入海。接著感嘆人生的短暫，彷彿在「朝」、「暮」之間，已從青春年少過度到白髮皤皤的老年。此四句一從空間的巨闊，一從時間的飛逝，以反襯生命的渺小與短暫。因此，在適性快意之時，何不歡樂暢飲？因為天生我材必有用，因為散盡千金還可再有。此外，人間的鐘鼓饌玉不足珍貴，自古以來的聖賢又皆寂寞，富貴與聖賢，這兩種生命的價值都不足認取，唯有當下快意飲酒是真實的，唯有飲者可以留下聲名，當年陳王曹植宴飲於洛陽平樂觀，不就是千秋明證。酒既不可廢，就當不計一切，五花馬，千金裘，皆可換酒來飲，否則，如何消此萬古的窮愁？

此詩是李白一入長安之後所寫，彼時玄宗治世之心已漸減退，而李白卻還存有強烈的經世濟民之志，在不得適志伸展抱負底下，發之為詩，故有悲歡交錯的特質，其云：「古來聖賢皆寂寞，惟有飲者留其名。」實乃激憤之語。全詩的氣勢豪縱，以「及時行樂」作為詩歌的主題，並每每用大數「千金散盡還復來」、「會須一飲三百杯」、「斗酒十千恣歡謔」等來曾顯豪放的詩風，浪漫的激情，與他高度的自信。嚴羽云：「一往豪情，使人不能句字賞摘。蓋他人作詩用筆想，太白但用胸口一噴即是，此其所長。」

人生得意須盡歡

白文印，字體在篆隸之間。「人生」二字合文處理，其餘各字都有或長或短的撇捺、或多或少的橫畫弧形，有如上揚的嘴角，輕快得意，欣喜飛揚。彷彿扣緊著詩意，一逕地歡騰、搖曳……。

天生我材必有用

朱文帶框，界欄分出六格，以容納七字，故借中橫線放入「才」（材的古字），與「必」字搭連一室。諸字雖各居一格，但因破邊效果，字畫或黏邊或穿透，使之在獨立中又有橫勢的串聯。「必」字右畫絕佳，既借作界邊，又雄樸地揮入「生」字下方，穩定空間，增添意趣。

與爾同銷萬古愁

在布局上巧妙選用戰國時代已有的簡體古文，「與（与）」、「爾（尔）」和「同」字置放一行，避開了筆畫繁複可能造成的擁擠。「銷」字、「愁」字寬博靈動；「古」字、「萬」字簡樸凝練，錯落間自然從容，字與字間的充分留白，與第一行的倚邊遙望，構成一種似蕭疏又曠遠的氣息，「萬古」之情便不自覺汩汩流出了！

贈內

三百六十日，日日醉如泥。
雖為李白婦，何異太常妻？

解讀：

此詩應是開元二十五年（公元七三七年），李白三十七歲時的遊戲之作。李白自言他一年三百六十日，天天爛醉如泥，其妻許氏面對他的情況與東漢周澤之妻，實無不同。周澤為太常時常清潔循行，盡敬宗廟，但一日不行祭祀之齋，則爛醉如泥。就同有「醉如泥」的記錄而言，李白與周澤本無差別！此詩實為戲語，用字直白，有如說話。

送友人

青山橫北郭，白水遶東城。
此地一為別，孤蓬萬里征。
浮雲遊子意，落日故人情。
揮手自茲去，蕭蕭班馬鳴。

解讀：

此詩為開元二十六年（公元七三八年），李白三十八歲時作。這是一首以五言律詩寫成的送別之作。首聯、頷聯、頸聯全用對仗。詩一開始先描繪送別地點的景致是：「青山橫北郭，白水遶東城」，直如一幅山靜水流，動靜相宜的小圖。詩中「青山」對「白水」，山水顏色清麗；「北郭」對「東城」，建築方位清楚。頷聯「此地一為別，孤蓬萬里征」，是對得不甚整齊的「寬對」。遠行的朋友，有如無根的蓬草，隨風萬里飄散，難以再期。頸聯「浮雲遊子意，落日故人情」，是對仗整齊的「工對」。此處「浮雲」象徵李白與友人漂泊不定的人生；而徐徐將下，猶銜遠山的落日，一如二人戀戀不捨的別情。結尾以揮手送別的動作，耳聞別馬（斑馬）長鳴蕭蕭的聲音，再一次表達李白對友人依依的離情。

浮雲遊子意
落日故人情

大篆結體給了空間布白極大的自由：「云（雲的古字）」、「日」、「人」字形都很小，參插在或寬或長的諸字間，卻極自在從容而不顯局促—隨形布置，各得其所，是此印訴說的藝術特色，而離鄉遊子，望浮雲而思親、見落日而憶故人，又何嘗不是人性之自然而皆所同然耶？

贈孟浩然

吾愛孟夫子，風流天下聞。
紅顏棄軒冕，白首臥松雲。
醉月頻中聖，迷花不事君。
高山安可仰，徒此揖清芬。

解讀：

此詩應為開元二十六年（公元七三八年），李白三十八歲重過襄陽會晤孟浩然時作。首聯點明題旨，以「吾愛孟夫子」直接表達李白對比年長他十二歲的孟浩然的欽慕之情。頷聯「紅顏」、「白首」二句對仗，描述孟浩然早年放棄仕途，晚年隱居山林的高士形象。頸聯「醉月」、「迷花」二句對舉，進一步申說孟浩然的隱居生活，他時時於月下醉飲清酒（曹魏時的徐邈，稱清酒為聖人，濁酒為賢人），因如〈桃花源記〉的漁人眷愛花林自然的寫意生活，而不再侍奉君王。尾聯再一次歸結到對孟浩然的敬仰，對其清芬高尚的品格，李白只能俯首揖拜而已。

此詩言情直白，文字古樸。詩中巧用典故，卻無痕跡，使意境為之渾成。

白首臥松雲

古隸白文印，在平整中有流動的機趣：「白」字第一筆如天外飛來，「首」上三個曲線婉轉多姿，「臥」字右旁人形極飄逸有致，「松」字左右錯落，「雲」字下方收筆右捺揚起，如層雲盪胸、施施漫漫，卻收住全印關鑰處。

醉月頻中聖

充分展現了甲金籀篆的錯落自由，「頻」與「聖」字裡的兩個人形，構成畫面的主體，恍如對月而飲，「我歌月徘徊」、「我舞影凌亂」之形，而「月」漸西斜之後，則碎影依稀於右下殘地也。布局重心偏上，騰出隙地，以顯清虛朗透之致。再用寬邊壓底，呈現出穩定的樸厚質感。

高山安可仰
徒此揖清芬

朱文大篆，極盡挪讓屈伸變化之妙，首行「高山安」縱勢穩定，而以「安」字下端現流動；中間「可仰徒此」四字穿插避讓，趣味盎然；末行「揖」字呼應中段作錯落，「清」字穩健而流美，「芬」字婉通寬綽，收攝安固住全印氣韻。

子夜吳歌（其三）

長安一片月，萬戶擣衣聲，
秋風吹不盡，總是玉關情，
何日平胡虜，良人罷遠征？

解讀：

〈子夜吳歌〉寫於天寶元年（公元七四二年）原為樂府歌曲，李白以此曲寫思婦懷念征夫之情。

「長安一片月，萬戶擣衣聲。」詩人一開始，筆端從長安月色皎潔的夜晚，直接扣入主題，書寫整個城中內外，傳來萬戶人家此起彼落的擣衣聲。一片明淨的月色下，照映的是婦女辛苦趕杵擣製征衣的勞作，天上，人間，一美，一苦，景象之別，何等懸殊。這些將送到玉門關外的征衣，件件都飽含思婦綿長的深情。結尾以「何日平胡虜，良人罷遠征？」表達思婦長盼征夫早日歸鄉的願望，然而在此詩文底下，隱伏的是詩人對朝廷徵丁遠戰的控訴，從而也深化了這首詩的社會意義。

長安一片月
總是玉關情

白文漢印的平正，是篆刻布印的基礎。難在方中帶圓、直中帶曲、剛中帶柔。細白文尤難，須細中有粗，提按頓挫，富饒筆趣。本印布字亦有奇巧，各字隨形作大小變化，而「長安」、「月總」、「玉關」成一橫列對齊在上區，「一片」與「是」、「情」為下區，線條在平整中有許多婉秀轉折，或可耐玩味。

關山月

明月出天山，蒼茫雲海間。
長風幾萬里，吹度玉門關。
漢下白登道，胡窺青海灣。
由來征戰地，不見有人還。
戍客望邊色，思歸多苦顏。
高樓當此夜，嘆息未應閑。

解讀：

〈關山月〉寫於天寶二年（公元七四三年）原為樂府詩題，李白用此舊題描寫征人思鄉之情。

「明月出天山，蒼茫雲海間。」詩一開始描述邊塞的空間景象，非常磅礴遼闊。月出天山，是那麼自然、明澈，接著，明月的光輝與蒼茫的雲海融於廣闊的天際，呈顯天上的氣象萬千。三、四句則轉向地面，書寫唐朝疆土的遼闊，「長風幾萬里，吹度玉門關。」長風橫吹萬里沙漠，才能到達玉門關，入關以東就是中原的境土。此四句雖是寫景，但文字表徵出的地理方位，已隱然有戍人望鄉的影子潛藏其中。「漢下」四句寫漢、唐戰爭的歷史，無論是漢高祖征討匈奴於白登道，還是唐軍出兵吐蕃於青海灣，戰爭的代價永遠是「由來征戰地，不見有人還。」李白在這裡表現出對征夫無限悲憫的情懷。末四句正面轉寫征人，征人的生命如此微渺，征戍的生活如此苦辛，思家之情自然尤為深切；他遙想家鄉的妻子，在月色蒼茫的此刻，也應對他深懷思念，而發出悠悠的嘆息。

蒼茫雲海間

以商周之際銅器彝銘的雄肆勁健線條，建構起印面奔放自由的空間。「蒼」、「雲」、「間」三字剛健嚴整、穩定接邊；「茫」、「海」二字則生動穿插、屈伸自如、婀娜流麗。雲海蒼茫、浩浩蕩蕩，恍然在目矣。

玉階怨

玉階生白露，
夜久侵羅襪。
卻下水晶簾，
玲瓏望秋月。

解讀：

本詩寫於唐玄宗天寶二年（公元七四三年）。〈玉階怨〉原為樂府曲，此詩為李白的擬作。首句「玉階生白露」，呈現一個潔淨卻透發涼冷的小景空間。第二句寫女子立於白玉石階上，因深夜露重，佇立良久而浸濕了羅襪。「羅襪」二字實已帶出女子立於玉階的柔婉儀態。「卻下水晶簾，玲瓏望秋月。」言其因夜深露涼，入室欲眠，故將室內的水晶簾緩緩放下。但寂寞悵惘之情實令她無法成眠，因此又悠悠回首隔簾望月。然而如此澄澈玲瓏的月光，卻只能照著她虛帷的孤影，此一望月神形，雖未言怨，而怨實已深矣。詩中運用「玉」、「白」、「夜」、「水晶」、「月」等字，均是屬於冷色系，或偏向冷色系的字，加深深夜幽冷淒清之感。詩句淡淡寫來，卻有無限婉轉情思來回往復其間，餘韻不絕如縷。

玲瓏望秋月

印文為金文大篆，商周金文的字形大小、長寬，往往隨形作態、自然生動。「望」字本作「朢」，象人仰首望月之形。

外框的破邊處理，讓印面有寬舒從容之感。

清平調（其一）

雲想衣裳花想容，
春風拂檻露華濃。
若非羣玉山頭見，
會向瑤臺月下逢。

解讀：

這三首詩為天寶二年（公元七四三年），李白四十三歲，在長安供奉翰林時所作。三首作品均以楊貴妃傾國絕色之美為主題。

第一首「雲想衣裳花想容」，以天上彩雲喻其華美輕柔的衣裳，以唐朝國花牡丹喻其豐豔動人的容貌。接著「春風拂檻露華濃」，用晶瑩剔透的露水來滋潤、點綴牡丹的華麗，使其華麗不是偏向冶豔，而猶透發出清雅的氣質與精神；同時也以春風露華暗喻貴妃承受玄宗寵幸而更加光豔明麗。第三、四句「若非羣玉山頭見，會向瑤臺月下逢」，更進一步將貴妃之美升騰到天界，她的花容月貌非屬人間塵寰，恐怕只有在西王母所居的羣玉山、瑤臺仙境才能得見吧！羣玉、瑤臺，都是精美的字眼，也藉此以揣想烘托貴妃居處之華美不凡。

雲想衣裳花想容

這個極美的句子，讓人不禁聯想美人翩翩曼舞時身上的精繡羅裳、雲紋映彩。而佳容如花、美目清揚，又應是何等婉麗秀雅——所有線條都在鋪陳這樣的美感，章法布白的多姿曼妙，也追逐著想像的衣裳與顏容。兩個「想」字，搭建起這綺麗的夢境……。

清平調（其二）

一枝紅豔露凝香，
雲雨巫山枉斷腸。
借問漢宮誰得似？
可憐飛燕倚新妝。

解讀：

第二首起句「一枝紅豔露凝香」，用「一枝」來寫貴妃絕對的美，全然集中的美，同時色、香俱寫，色是「紅豔」，香是「凝香」，都是極其穠麗飽滿的絕對與集中的色、香。第二句「雲雨巫山枉斷腸」，寫她如此的美，故而如楚王為巫山神女斷腸一般，為貴妃之美而斷腸，亦是枉然！因為她的美永遠令人品味不盡。或云巫山神女僅是楚王夢中所見，醒來不免悵然，不如玄宗有貴妃為伴之歡為勝。接下來，李白以漢成帝的皇后趙飛燕為比，但可愛的趙飛燕猶需倚仗新妝來添增其美豔，實不如貴妃的天然國色啊！此一抑古尊今之法，又把貴妃之美安放在歷史的最高位置。

清平調（其三）

名花傾國兩相歡，
長得君王帶笑看。
解釋春風無限恨，
沉香亭北倚闌干。

解讀：

第三首起首二句「名花傾國兩相歡，長得君王帶笑看」，在描寫牡丹、貴妃之外，另外加入觀賞者玄宗皇帝。美的存在，是因為有觀賞者的存在而成其為有意義的存在。「名花」、「傾國」都是人間最美的存在，對之何能不歡？賞之何能不笑？最後，李白對貴妃的美翻出另一番的歌頌，「解釋春風無限恨，沉香亭北倚闌干」，此處「春風」代指君王，君王所有無限的憾恨，都因為貴妃的美而能為之冰融消釋了！單單是她倚坐在沉香亭北的欄干邊，觀賞牡丹的姿儀形象，就是一幅韻味深長絕美的畫像。

下終南山過斛斯山人宿置酒

暮從碧山下，山月隨人歸。
卻顧所來徑，蒼蒼橫翠微。
相攜及田家，童稚開荊扉。
綠竹入幽徑，青蘿拂行衣。
歡言得所憩，美酒聊共揮。
長歌吟松風，曲盡河星稀。
我醉君復樂，陶然共忘機。

解讀：

此詩為天寶二年（公元七四三年），李白四十三歲時作。以敘事的筆法，書寫李白到終南山去拜訪斛斯山人。時間從黃昏開始，「暮從碧山下」，先寫黃昏餘暉已緩緩沒入山間，而月輪已升。第二句「山月隨人歸」，將「山月」擬人化，一如一個可親相伴的人，與他相隨而行。三、四兩句形容夜色漸濃，入山漸深，所見唯有蒼林翠微籠罩。「橫」字用得甚好。以下陳述李白到斛斯山人田家之後的情景：二人相見的愉快，稚子相迎的歡喜，經過綠竹幽徑，青蘿拂衣，以及到堂中歡飲共話的點滴。其間二人興起豪興放懷長歌，直唱到夜深星稀，萬籟俱寂。最後以「我醉君復樂，陶然共忘機」為結，在說明李白與友人性情相得的歡會之外，還顯示出二人友誼往來之間，那份超塵淡遠的境界。

通篇用字清雅素樸，節奏輕快。詩中黃昏暮靄與山月為光線的襯色，而蒼蒼、翠微、綠竹、青蘿等淡綠、青綠與暗綠為畫面的主色。而來徑、田家、荊扉、幽徑等，構成空間變化的場景，其中有人物親切歡笑的活動。這首詩把山中田園的景致，田家人情的和美，做了最佳的表達。

長歌吟松風

樸厚又流動的線條，像極了酒後松下的吟歌：「長」字上部有飄逸的散髮；「吟」字末筆的引長搖盪，似拉長的餘音；「風」字左右垂畫的宛曲，又有轉音的微妙，結尾上揚的一揮，爽利痛快，則松下酒後眾人浩歌之景，已躍然紙上了！

陶然共忘機

渾樸自然的線質，營造出忘機者的陶陶然——「陶然」二字左右錯落而上下穿插；「共忘」二字外內搭合，樸茂有姿；「機」字「木」旁挪移至「幾」的左下，挺拔結實，穩固左盤，而回鉤牽引處，又與前四字筆致相呼應。底邊一線再加強統合的意趣，淡淡不著痕跡……，此「忘機」之旨也。

月下獨酌（其一）

花間一壺酒，獨酌無相親。
舉盃邀明月，對影成三人。
月既不解飲，影徒隨我身。
暫伴月將影，行樂須及春。
我歌月徘徊，我舞影零亂。
醒時同交歡，醉後各分散。
永結無情遊，相期邈雲漢。

解讀：

此詩作於天寶三年（公元七四四年），李白四十四歲。詩題〈月下獨酌〉的「獨」字，是全詩的詩眼。此詩寫其深沉的孤獨，卻又勉為曠達超脫之情。首句「花間一壺酒」，畫面何等明麗寫意，可是無人對飲，不過是空有良辰美景罷了，李白的情緒不禁旋轉而下。接著，他頓興奇想，何不邀月、影共飲，那麼一成二、成三，從一人可以變幻為「三人」。然而「月既不解飲，影徒隨我身」，於是他又把月、影推開，由三成二，到變為孤獨的一，心緒再度拉下。但是及時行樂是人生的重點，何不「暫伴月將影，行樂須及春」？姑且以月、影相伴，相與同歡為樂，豈不甚佳？李白再次拔高自己的情緒，由一成二、又成三，此時他對無情的月、影不再猶豫推移，而轉為接納，相與融洽，因而有接下來的「我歌月徘徊，我舞影零亂」的淋漓酣暢，天地月影都隨李白的歌舞而為之交錯舞動，而為之零亂徘徊了。詩筆至此，有無限俊逸的豪情飛揚其間。最後他付與月、影以自由，「我們」「醒時同交歡，醉後各分散。」若能相會則結遊，且相約在那邈遠的雲漢仙境再會。

此詩通篇幻妙靈動，構思別出心裁，詩情線索回還往復，表現出李白典型的自由浪漫神采。

舉盃邀明月 對影成三人

「明月」二字合成一個滿月圓形（「明」字下＝畫表示重複「明」字的「月」旁），「舉」、「影」、「對」的引長筆觸，好似月下舞影的婆娑翩翩。「盃」、「邀」、「成三人」作三足鼎立，穩定中有變化。「成三人」聚在一個空間，極其熱鬧，正反諷著李白隻身・望月・對影的無限孤寂……。

行樂須及春

白文印，加田字界格，是秦印常見的形制。此印仿秦，卻加有許多變化：字體用大篆，渾樸中有比方折秦印篆更多的提按筆致；各字的接邊、穿邊處理，使各字似分隔又相呼應；「行」字本象十字路口之形，於此節縮為四角的曲筆，以裝飾角落，求其點睛之妙。

相期邈雲漢

甲金文字結體的開闔自由，在本印充分體現：「相」字作上下組合、「期」字左右錯落、「邈」字長引舒展又有疏密變化、「雲」用古字「云」，小巧靈妙；「漢」字水旁跳宕，讓賞印的尾聲餘韻不絕……。

月下獨酌（其二）

天若不愛酒，酒星不在天；
地若不愛酒，地應無酒泉。
天地既愛酒，愛酒不愧天。
已聞清比聖，復道濁如賢。
賢聖既已飲，何必求神仙？
三盃通大道，一斗合自然。
但得酒中趣，勿為醒者傳。

解讀：

此詩文字用語淺白如話，主題環繞在一個「酒」字，是對飲酒的歌頌！筆一開始先從天地愛酒說起，天有「酒旗」之星，地有「酒泉」之郡，證明天地皆愛酒。接著，天地中的人，人中的聖賢也愛酒，因為曹魏時的徐邈不就稱清酒為「聖人」，濁酒為「賢人」？李白將徐邈的論點嫁接到聖賢也愛飲酒的說法，其實有些牽強，此無非是說天地聖賢皆愛酒，我為酒徒，何須有愧？作為酒徒之正當性實在是天經地義。因此，更進一步表達人若能深得「酒趣」三昧，則不必羨慕神仙，酒之大道大矣哉，一能通大道，二能合自然。體悟酒趣，一如體悟道體，只是酒中趣只可飲者自怡悅，難為外人言！李白愛酒，把飲酒的價值理論抬得如斯之高，流露了他率真的稚趣。

但得酒中趣
勿為醒者傳

融合漢印白文的寬厚，與秦篆的婉通。字與字間的留朱，彷彿有界欄分隔，但各字又不一定拘縶在固定空間，穩健中有自在的放逸；又如「酒」字下藏一「中」字，渾然天成，則酒人所謂「清聖濁賢」（清酒如聖人，濁酒如賢人，都應常接近）的機趣，便昭然若揭了！

沙丘城下寄杜甫

我來竟何事？高臥沙丘城。
城邊有古樹，日夕連秋聲。
魯酒不可醉，齊歌空復情。
思君若汶水，浩蕩寄南征。

解讀：

此詩為天寶五載（公元七四六年），李白四十六歲寫的一首寄贈杜甫的詩篇。彼時李白已離開長安，回到東魯寄寓之地沙丘居住。詩一開始的自問句，「我來竟何事？高臥沙丘城」，即明顯地寫出李白苦悶空乏的情緒，因終日無事，唯有閒臥城中。而城外可見可聞者，也僅僅是古樹、秋聲，此中畫面元素簡單，呈露城之內外空間空蕩淒清的氣氛，以烘托李白內心的寂寥。五、六句化用《莊子．胠篋》：「魯酒薄而邯鄲圍。」與嵇康〈聲無哀樂論〉：「齊楚之曲多重，故情一。」兩個典故，寫魯酒、齊歌皆不能為其遣懷消愁，以此加重其沉悶心情的表發。最後二句點出主題：「思君若汶水，浩蕩寄南征」，李白云其願隨沙丘城旁的汶水，悠悠流向杜甫位在河南的故里，藉流水遣寄他對杜甫無限的思念。

此作之前，李白曾與杜甫一起同遊東魯，彼此詩酒相酬，情誼歡洽。杜甫自魯離開之後，李白回到沙丘寓所，頓覺無與為歡，倍感寂寞而寫下此篇。詩用五言古體形式，音節緩重，文字簡樸。

思君若汶水

田字界格首見戰國楚璽，盛行於秦代官印，沿用至西漢早期。此印仿西漢印風的寬博方嚴，而以合文符「＝」，表示「汶」下重出一「水」字，當讀為「汶水」二字。「思」、「君」二字在方格內，不禁令人想起詩經名句：「言念君子，溫其如玉，在其板屋，亂我心曲」……可為本印註腳。

夢遊天姥吟留別

海客談瀛洲，煙濤微茫信難求。
越人語天姥，雲霞明滅或可覩。
天姥連天向天橫，勢拔五嶽掩赤城。
天臺四萬八千丈，對此欲倒東南傾。
我欲因之夢吳越，一夜飛度鏡湖月。
湖月照我影，送我至剡溪。
謝公宿處今尚在，淥水蕩漾清猿啼。
腳著謝公屐，身登青雲梯。
半壁見海日，空中聞天雞。
千巖萬轉路不定，迷花倚石忽已暝。
熊咆龍吟殷巖泉，慄深林兮驚層巔。
雲青青兮欲雨，水澹澹兮生煙。
列缺霹靂，丘巒崩摧。洞天石扇，訇然中開。
青冥浩蕩不見底，日月照耀金銀臺。
霓為衣兮風為馬，雲之君兮紛紛而來下。

虎鼓瑟兮鸞回車，仙之人兮列如麻。
忽魂悸以魄動，怳驚起而長嗟。
惟覺時之枕席，失向來之煙霞。
世間行樂亦如此，古來萬事東流水。
別君去兮何時還？且放白鹿青崖間，
須行即騎訪名山。
安能摧眉折腰事權貴，使我不得開心顏！

解讀：

此詩寫於唐玄宗天寶五載（公元七四六年）是李白離開東魯，再次遠遊的名篇。

詩分四段，第一段八句又可別為兩個小節。首寫海外瀛洲仙山不可求，但臨近剡溪，明滅於雲間的天姥山，則或可見。接著，李白便以他天縱的彩筆，誇飾的技巧，凸顯天姥山的峰巒絕峭，高聳入雲，連有四萬八千丈的天臺山，都要對它低首伏拜。天姥山如此奇絕，因此引發李白窺探的想像。第二段從「我欲因之夢吳越」以下，描寫李白夢遊天姥山瑰偉奇麗的勝境。「一夜飛度鏡湖月。湖月照我影，送我至剡溪」，這幾句夢入山境，飛度鏡湖的動態過程，直如長鏡頭的攝影畫面，詩境空靈。入山而後登山，李白腳著當年謝靈運所製的木屐登上雲梯，正式進入天姥山的奇幻世界：見海日，聞天雞。千巖路轉，迷花已暝。熊咆龍吟，林巔驚慄，整個山中瀰漫青雲欲雨，水煙繚繞的浩渺景象。詩筆至此，幾已盡馳想像，但李白猶再進一層，將奇景推向最高峰：從驚天霹靂，雷電交錯的巨響中，乍現一個光輝燦麗的神仙府第，有神虎鼓瑟，仙鸞駕車，雲君與羣仙都紛紛下臨，彷彿列隊盛大歡迎詩人的到來，李白立於最耀眼璀璨的中心點。第三段寫夢醒，「惟覺時之枕席，失向來之煙霞」，奇異仙境倏忽消失幻滅，詩人悵然回到現實的世界。末段，他和盤托出詩作背後欲說的旨意，他入朝三年履歷的總總，豈非就是一場天姥遊夢？「安能摧眉折腰事權貴，使我不得開心顏！」詩人的尊嚴，在長安朝中曾受到斲傷，因此他毅然離開，選擇騎匹白鹿，悠然行訪名山，李白在此留下一個詩人清逸的形象。

忽魂悸以魄動

朱文的流動妍美，呼應著魂魄的飄移幽渺：「以」字的空靈，成為此印視覺的中心，環繞它的「忽」、「魂」、「魄」諸字，都有著頎長清疏的結體，而「悸」字與「動」字的寬大，則彰顯了詩人「怳驚起而長嗟」的景況。

但在界格線斷續有無的調控裡，那份澎湃悸動又彷彿不那麼突兀，而是悠悠地訴說一種潛藏內蘊、心靈深層的真實感受。

安能摧眉折腰事權貴

詩文是極直率的情感表達，遂以最直接明白的隸書來述說——撇捺波法明顯的八分隸體，出現於西漢中晚期，至東漢大盛，與楷書結構極為相近，幾乎沒有辨識問題，用以刻錄這詩末痛快語，再貼切不過了！印文八分書風渾樸而跳宕，用筆爽利，提按翻折從容多變，詳觀各撇捺出鋒的差異，便可充分感受！

登金陵鳳凰臺

鳳凰臺上鳳凰遊，鳳去臺空江自流。
吳宮花草埋幽徑，晉代衣冠成古丘。
三山半落青天外，二水中分白鷺洲。
總為浮雲能蔽日，長安不見使人愁。

解讀：

此詩寫於天寶六載（公元七四七年），是一首懷古傷今之作，詩用七言律體。

首聯「鳳凰臺上鳳凰遊，鳳去臺空江自流」，連用鳳凰、鳳、臺諸字，讀來倍覺音韻生動鏗鏘流轉。鳳凰臺在今南京西南隅，相傳有鳳凰翔集於山間，人因為之築臺，取名曰鳳凰臺。鳳凰為祥瑞之鳥，鳳凰來集，表示帝王之家氣象興盛。今日鳳去臺空，唯見江水東流，則是象徵時代衰微，國家覆亡。由此帶出頷聯二句「吳宮花草埋幽徑，晉代衣冠成古丘」，建都金陵（今南京）的吳國、東晉，繁華已逝，歷史已然湮滅於幽徑古丘之中。頸聯二句對仗寫景，文字清麗，三山、二水、白鷺洲都是山水地名，李白記述地名的同時，也勾勒出長江江邊明麗的山水景致。尾聯興發懷君之思，「日」為君王，「浮雲」為朝中讒諂羣小。李白登臺寓目山河，不禁觸景傷情，憂思國事，其愛君之意甚明。

總為浮雲能蔽日

「總為浮雲能蔽日，長安不見使人愁」，詩人以浮雲喻小人，讒言能蒙蔽光明，使正義黯然，自古層出不窮，既為生命所必然，又何必太過執著——

印文採錯落的大篆，融合甲金文：「為」字如手執大象；「能」字象大熊爬行，一長一寬，饒富生趣。「總」、「浮」、「蔽」三字，左右上下、屈伸自然，而「雲」、「日」二字穿梭其間，具現優遊之致。

戰城南

去年戰，桑乾源。今年戰，蔥河道。
洗兵條支海上波，放馬天山雪中草。
萬里長征戰，三軍盡衰老。
匈奴以殺戮為耕作，古來惟見白骨黃沙田。
秦家築城避胡處，漢家還有烽火燃。
烽火燃不息，征戰無已時。
野戰格鬬死，敗馬號鳴向天悲。
烏鳶啄人腸，銜飛上挂枯樹枝。
士卒塗草莽，將軍空爾為。
乃知兵者是凶器，聖人不得已而用之。

解讀：

這是一首沉痛的反戰詩，李白寫於天寶八載（公元七四九年）。開元、天寶年間，因玄宗好啟邊功，因此戰役頻仍，李白憂恤民兵百姓的痛苦，因此寫下此詩以為諷諭。

詩之首四句，以簡短三言排比，節奏快速技法，敘寫戰爭次數的頻繁。接下來兩句用洗兵條支，放馬天山，加強說明戰役不僅頻繁，而且戰地的地域廣闊，從濱臨波斯灣的條支國，打到新疆的天山下。因為連年戰爭不息，致使「三軍盡衰老」，李白此語寫來甚為沉痛！第二段自「匈奴」以下六句，描寫匈奴好為殺戮的殘酷，與秦築長城防範邊犯的地方，漢家烽火猶然未熄，依然戰事連連。第三段描繪戰場人馬死傷的悲慘景象，特別是「烏鳶啄人腸，銜飛上挂枯樹枝」的特寫鏡頭，布陳淒厲恐怖的畫面，從而加強了厭戰的心理。最後兩句為總結，「乃知兵者是凶器，聖人不得已而用之。」以議論散文語句出之，大大減弱詩歌藝術性的表達，但這兩句卻是顛撲不破的真理。

古風（其一）

大雅久不作，吾衰竟誰陳。
王風委蔓草，戰國多荊榛。
龍虎相啖食，兵戈逮狂秦。
正聲何微茫，哀怨起騷人。
揚馬激頹波，開流蕩無垠。
廢興雖萬變，憲章亦已淪。
自從建安來，綺麗不足珍。
聖代復元古，垂衣貴清真。
羣才屬休明，乘運共躍鱗。
文質相炳煥，眾星羅秋旻。
我志在刪述，垂輝映千春。
希聖如有立，絕筆於獲麟。

解讀：

此詩寫於天寶九載（公元七五〇年），是一首詩史、詩論並陳之作。李白從《詩經》以降，歷評戰國、秦、漢、建安時期、直到唐朝，各代詩賦的優劣。「大雅久不作，吾衰竟誰陳」，二句是通篇的總綱。李白首先標舉《詩經》大雅正聲，是一切詩作精神的最高標準與典範。但是如此雍容大氣的雅正之音，久已衰落。春秋之後，《王風》飄零。從戰國到狂秦，更是龍爭虎鬥，遍地荊棘。其間屈原、宋玉的《楚辭》，猶尚保存一脈微茫的正聲。漢代的揚雄、司馬相如等人繼之而起，推衍辭波，但其末流，卻蕩而不返。建安以後的作品，更是綺麗萎靡，不足珍視。「聖代」以下六句，鋪陳頌揚唐代的盛世，與羣才彪炳的文運。最後，李白自擬有如孔子作《春秋》，志存詩史，意在刪述，為詩賦傳統立下一部輝映千秋的大著。

此詩寫作結構嚴謹，首之「吾衰竟誰陳」，末之「我志在刪述」，一沉一立，前後相互關映，申明李白立言著作之素志。

正聲何微茫

詩云「正聲何微茫」，發亙古長嘆，故用商周甲金古文字入印，「正」字象人足征行，其上〇即指征行目的地。「何」字本象人荷戈而立，後借作疑問詞。「微」字原只作中間部分，象人有長髮飄微，加「攵」似髮梳以整理微細髮梢，後加「彳」表「隱行」，借作微妙、微弱義。全印寬舒錯落，下方橫線帶弧，巧妙收攝！

垂輝映千春

用八分隸書的引長筆致，呼應「垂輝千春」的綿長歲月：「千」字、「春」字右曳筆致悠揚有餘韻；「垂」字主筆在上部垂葉數筆，所以下橫微縮；「輝」字借邊、豎畫下直穩定，而放任「光」旁的撇捺自在飛動，逸趣橫生；「映」字挪移為上下結構，「央」旁扁方嚴整、「日」旁則故作圓形以象太陽，「輝映」之旨便呼之欲出了！

遠別離

遠別離，古有皇英之二女，乃在洞庭之南，瀟湘之浦。海水直下萬里深，誰人不言此離苦。日慘慘兮雲冥冥，猩猩啼煙兮鬼嘯雨。我縱言之將何補，皇穹竊恐不照余之忠誠。雷憑憑兮欲吼怒，堯舜當之亦禪禹。君失臣兮龍為魚，權歸臣兮鼠變虎。或云堯幽囚，舜野死。九疑聯綿皆相似，重瞳孤墳竟何是？帝子泣兮綠雲間，隨風波兮去無還。慟哭兮遠望，見蒼梧之深山。蒼梧山崩湘水絕，竹上之淚乃可滅。

解讀：

此詩寫於天寶十二載（公元七五三年）。〈遠別離〉原為樂府詩名，李白此詩乃藉舜與娥皇、女英生死離別的故事，寄託他懷君憂國之情思。詩從「遠別離」起，至「誰人不言此離苦」，即是記述二妃尋舜未果，沉沒於瀟湘水浦的淒迷傳說。但接著，詩人描寫日慘雲冥，猩啼鬼嘯的水域景象，已非全然著筆於傳說的場景，而是綰連對政局昏暗的批判，「我縱言之將何補，皇穹竊恐不照余之忠誠」，詩人直抒胸臆，他深知進陳諫言無益，因而更加深憂國事。至此以下數句，均是夾述夾論，明寫渺遠惝恍的傳說，暗批君臣失位的朝政。最後，以二位帝子慟哭林間，淚染蒼竹為結，使詩之悲劇性，貫穿全篇。

此詩以《楚辭》騷體的藝術手法，構陳舜與二妃的傳說，以及李白對國事憂心如焚，卻又無可如何的悲愴之情。

宣州謝朓樓餞別校書叔雲

棄我去者，昨日之日不可留。
亂我心者，今日之日多煩憂。
長風萬里送秋鴈，對此可以酣高樓。
蓬萊文章建安骨，中間小謝又清發。
俱懷逸興壯思飛，欲上青天覽明月。
抽刀斷水水更流，舉杯消愁愁更愁。
人生在世不稱意，明朝散髮弄扁舟。

解讀：

此詩寫於天寶十二載（公元七五三年），為李白在安徽宣城謝朓樓，為秘書省校書郎李雲餞別之作，同時也抒發他傷時的感懷。

詩一開始，便發興無端，將其「昨日」、「今日」，日日無數連沓而來的鬱悒煩亂，整個脫口傾瀉而出。日月其邁，韶華難駐，李白欲有所為而卻不能有為，不得中懷報國的憂憤痛苦，此刻都奔赴到他驚挺的筆下。但接下來兩句，「長風萬里送秋鴈，對此可以酣高樓。」使原本鬱結的情緒，突然做了一個極大的轉折跳躍，從敻遠遼闊的秋日長空，翻出一片神采，展現出詩人勃發放曠的豪情。「蓬萊」兩句，一寫友人李雲剛健的文筆，一言李白俊逸的詩才。今日二人高會此樓，酣飲談詩，就當把彼此生命最美的才情逸興鼓舞起來，飛騰天際，一覽明月。這裡表現出李白高昂飛揚的志意，與對理想不捨的追求。

但是現實的憂思終是難遣，抽刀斷水，舉杯消愁都只是徒然無謂的作為。唯有散髮絕世，乘舟遠離，轉向江湖歸隱才是道途。末段結語消極虛無，使得詩情再次為之低沉。

亂我心者

「亂」字象以兩手整理絲線，本義為治理，反訓為紛亂。「我」字象有歧出的兵器，假借為第一人稱。「心」字象心室有血脈牽連形。「者」字象立版築牆，是堵的本字，借做代詞。

本印布局疏密變化較大，字接四邊，錯落留白，奏刀故作紛披，產生微細雜點，以揣擬心亂之狀。

長風萬里送秋鴈

用古隸變體，在橫平畫的緊密中，帶出長引筆畫，使氣勢舒展悠揚，如「長風」吹拂、「秋鴈」「萬里」行。幾個曳長筆觸的提頓變化，使畫面豐富生動，而偏上的布局重心，如「秋鴈」之飛翔，刻意留出的下方大塊紅區，再以狀似雁翔的曲線，妝點作底，尤饒興味。

俱懷逸興壯思飛

「逸興」二字為詩眼，由此起興，則氣息當是飄逸舒徐、疏朗從容，所以採取了大篆的自由結體，字間留白，疏密得宜，若不經意。「俱懷逸興」四字作二行上下錯落，自然隨形；「壯思飛」三字則敧斜反正，挪讓變化；「思」字接邊與「懷」字遙遙相望；「飛」字則力求動感。

贈汪倫

李白乘舟將欲行，
忽聞岸上踏歌聲。
桃花潭水深千尺，
不及汪倫送我情。

解讀：

此為李白的贈別詩，寫於天寶十四載（公元七五五年）。桃花潭在今安徽涇縣西南方，李白遊經此地時，村人汪倫常以美酒招待李白。臨行之時，汪倫又與鄉里人在岸邊連手踏地為歌，熱情歡送，令李白感到無限驚喜，因此寫下此詩致贈汪倫。「桃花潭水深千尺，不及汪倫送我情。」情長不可數，李白卻以超越深潭千尺擬比之，以喻其深情盛意。詩篇用字自然簡樸，表情直接率真。

忽聞岸上踏歌聲

細白文的籀篆線條，象徵著踏歌者的曼妙舞步；抑揚頓挫的筆觸，又似其旋律的悠揚婉轉，而樸茂古雅的結體，正如汪倫送友的「古意」真摯！「聞」字，象人企足、伸手拊耳、欲有所聽聞之狀，令人不禁莞爾！

早發白帝城

朝辭白帝彩雲間，千里江陵一日還。
兩岸猿聲啼不盡，輕舟已過萬重山。

解讀：

唐肅宗乾元二年（公元七五九年）春，李白因案流放夜郎，道經夔州，遇到大赦而還，此詩即作於詩人東下江陵之時。

詩句的時間、地點、設色，首從「朝辭白帝彩雲間」入手。詩人自白帝城放舟東還的時候，白帝城周圍一片霞光燦麗，景象光明。此一寫晨（時），二寫城（地），三寫高景，四寫重獲自由的喜悅。以下三句都是形容舟行江上速度的疾快，路長「千里」的江陵，「一日」可還。其間兩岸的猿聲，萬重的青山，在目移景換快速的變化中，不斷倏忽而過。飛速疾駛的輕舟，一如他輕快欣喜的心情。

這首七言絕句，全詩洋溢飛動明快的靈思。以千里江陵、兩岸長江、萬重青山，巨長的空間，對比一日時間的短暫，以二者巨大的反差，張顯舟行的疾速，寫作技巧高明。

輕舟已過萬重山

「舟」行「輕」快，在一個寬綽的空間裡。「已過」二字疏密自然。「萬」字（本象手執蠍子形，假借為數字詞）頂天接邊，繁中有細，破邊處理亦佳。「重山」二字仿合文擺置，「山」字出邊，從容透氣，與首行白地呼應，端視之，彷佛「輕舟」即從此「山」邊穿越而出矣！

春思

燕草如碧絲，
秦桑低綠枝。
當君懷歸日，
是妾斷腸時。
春風不相識，
何事入羅帷？

燕草如碧絲
秦桑低綠枝

以小篆的柔婉線質布局，呼應詩意。十個字要放在八個空間，所以採取了一些屈伸、挪移手法：一是「草」字用古體「艸」而與「如」字併入一格內；二是將「綠」字由左右偏旁結構挪為上下結組，以讓出左邊刻「支」字（枝的本字），屈體略低，避讓「彔」旁，營造出錯落構形，看似一字，實為二字。

靜夜思

牀前明月光，疑是地上霜。
舉頭望明月，低頭思故鄉。

低頭思故鄉

方體四邊，內有圓形，如明月透過方窗，映照牀前，以略擬詩意。布局仿漢代瓦當作圓形似滿月，篆體屈折，又像窗格勾連，細味印文，相思之情，便油然升起。

獨坐敬亭山

眾鳥高飛盡，
孤雲獨去閒。
相看兩不厭，
只有敬亭山。

孤雲獨去閒

結體、筆法都在篆隸之間。橫勢布局，上下留空，加以天地的寬帶邊線，增益橫向移行的動感。又用扁勢飄揚的筆致，以揮灑出「孤雲」的瀟逸。疏疏落落、若即若離，閒雲悠悠、獨行踽踽。

廬山謠寄盧侍御虛舟

我本楚狂人，狂歌笑孔丘。
手持綠玉杖，朝別黃鶴樓。
五嶽尋仙不辭遠，一生好入名山遊。
廬山秀出南斗旁，屏風九疊雲錦張，
影落明湖青黛光。
金闕前開二峰長，銀河倒挂三石梁。
香爐瀑布遙相望，迴崖沓嶂凌蒼蒼。
翠影紅霞映朝日，鳥飛不到吳天長。
登高壯觀天地間，大江茫茫去不還。
黃雲萬里動風色，白波九道流雪山。
好為廬山謠，興因廬山發。
閑窺石鏡清我心，謝公行處蒼苔沒。
早服還丹無世情，琴心三疊道初成。
遙見仙人綵雲裡，手把芙蓉朝玉京。
先期汗漫九垓上，願接盧敖遊太清。

狂歌笑孔丘

戰國楚簡書跡，結體自由，提按多變，有雄秀氣息，轉化入印，則需調整橫畫斜勢，保留曳帶悠揚之趣。李白云「我本楚狂人」，故用楚書配之。「狂歌」二字穩中求變；「笑」字夸張奔騰，雄放宕逸；「孔」字微收而仍放；至「丘」字下方二橫收束，回應全局。

一生好入名山遊

以空靈之氣，作名山遠遊，似逸筆草草、構圖疏疏，而籀篆奇古之趣，瀰漫其間：「一」字接邊而穩定；「好」字跳宕生動；「入」字簡短精悍；「名」字錯落溫厚，安居中域；「山」字似因遠觀而顯小，卻有「山不在高有仙則名」之趣；「遊」字從容寬舒，旗帶飛揚，使氣韻自然收攝於下方之「止」。

登高壯觀天地間

字體兼用籀篆，布局則刻意作極大的疏密對比：「登高」二字雄渾而寬博；「壯」字承之；至「觀」字「見」旁，則舉目而望之勢昭昭然矣。末行錯落變化最大：「天地」二字參差似合文；「間」字用金文古體，「月」在「門」上，三字縱列，有離合奇趣。

遊太清

寬重的厚邊，是戰國秦漢封泥的特色。印人資以入石，作強烈之輕重變化，使印面構圖更增張力。「遊」字象人（子）持旗出遊之形；「太」本作「大」，此擬楚璽構形；「清」字古文或從井。「遊」字氣勢極大而居右，出邊之筆靈動；「太清」接頂連邊，合一行居左，字雖小而有韻致。下方留白與厚邊對話，可堪玩味。

林佳蓉

國立臺灣師範大學文學博士，現任臺灣師大教授，著有《承擔與自在之間——從朱熹的詩歌論其生命趨向的依違》、《杭州聲華——以張鎡家族、姜夔、周密之詞為探討核心》、《詩經雅頌中德治思想研究》等。

工作室裡，任安落筆題寫〈**觀公孫大娘弟子舞劍器行**〉，雲霧煙嵐隨順書法家的靈思紛紛投生宣紙之上，幻作江海蛟龍、呼嘯雷霆，一時竟勾引出麗人舞劍之幻影，劍舞舞墨，兩造輝映。

此時，松煙墨正調入夜色，一點餘暉尚且攀在筆尖上。

第四場　安史亂後——

景轉小酒館，酒館內向陽二人還在討論李白詩作。陳義芝二人自外入，四人寒暄，知道彼此正在聊的內容大體相近，便討論了起來。他們聊起李白、杜甫的對比和兩人之間的故事，也聊到安史之亂的時空背景、原因，以及對於兩位詩人和當時長安文士、顯貴的影響。當四人討論到杜甫所作〈**江南逢李龜年**〉時，時空悄悄變換，安史之亂期間建業的酒樓與當代臺灣的小酒館場景交疊，賣藝的胡旋舞者及李龜年鬻唱的前塵往事再現，四位講者尚不及開聊〈**江南逢李龜年**〉便被突來的變化打斷話題，也成了建業酒樓裡的觀眾，窺看帝國臣民於安史之亂時的求生與聊生。

（丑扮建業酒樓店小二，與臺灣小酒館的酒保同上，挪動店內桌椅。生於桌椅搬動期間亦上。）

丑：唉！請各位客倌挪動尊臀，起來活動活動筋骨。
講：坐得好好的，幹嘛要我們起來？
丑：小店今朝有秀可以看。
講：什麼秀？
丑：「圈轉」。
講：不懂。
生：便是「胡旋舞」。
丑：這位客倌是巷子內的。
生：啊！店家，近日聞得有一老者在貴店抱著琵琶賣唱，人人都說手法不同，像個梨園舊人。小生今日特來一聽，怎麼竟是舞者胡旋？
丑：客倌您也不要急，今朝嘛舞也跳、歌也唱，一樣不少。您儘管喝酒賞銅鈿便是。都弄好了！各位請上座。
（眾人或坐或站。樂起，舞者胡旋。舞畢，眾人鼓掌。）
講：跳得不錯！
丑：客倌們不要只是叫好，銀子也要多多打賞哉。
（李龜年抱琵琶上。）
末：列位請了，想都是聽曲的。
講：是來聽唱歌的沒錯。
末：勞列位久候。
生：老丈，今日裡唱些什麼？
丑：身騎白馬走三關。

生：休得胡言。
末：天寶遺事。
安：天寶遺事，好題目。只是這天寶年間遺事，一時哪裡唱得盡。
末：不知客倌想聽些什麼？
講：我想聽聽楊貴妃娘娘與唐明皇的愛情故事。
末：如此，待在下唱來。
【四轉】那君王看承得似明珠沒兩，鎮日裡高擎在掌。賽過那漢飛燕在朝陽，可正是玉樓中巢翡翠，金殿上鎖著鴛鴦，宵偎晝傍。直弄得那官家丟不得捨不得半刻，心兒上。守住情場，佔斷柔鄉，美甘甘寫不了風流帳。行廝並坐一雙，端的是歡濃愛長，博得個月夜花朝真受享。
丑：哎呀，好快活，聽的我似雪獅子向火哩。
講：什麼意思？不懂。
丑：化了。
安：還是不懂。
丑：枝仔冰丟到火爐裡去。
眾講者：喔！融化了。
安：唉，只可惜當日天子寵愛了貴妃，朝歡暮樂，致使漁陽兵起。說起來令人痛心也！
生：休只埋怨貴妃娘娘。當日只為誤任邊將，委政權奸，以致廟謨顛倒，四海動搖。若使姚、宋猶存，哪見得有此？

末：若說起漁陽兵起一事，真是天翻地覆，慘目傷心。列位不嫌絮煩，待老漢再慢慢彈唱出來者。

眾：願聞。

【六轉】嚇哈恰，恰正好喜孜孜霓裳歌舞，不提防撲通通漁陽戰鼓。剗地裡慌慌急急、紛紛亂亂奏邊書，送得個九重內心惶懼。早則是驚驚恐恐、倉倉卒卒、挨挨擠擠、搶搶攘攘出延秋西路，攜著個嬌嬌滴滴貴妃同去。又則見密密匝匝的兵，重重疊疊的卒，鬧鬧吵吵、轟轟剨剨四下喧呼，生逼散恩恩愛愛、疼疼熱熱帝王夫婦。霎時間畫就一幅慘慘淒淒絕代佳人絕命圖。

生：唉，天生麗質，遭此慘毒。真可憐也！

安：這是說唱，老兄怎麼認真掉下淚來？

丑：各位客倌，舞也看了、曲也聽了，看天色不早，小店也該打烊了。

講：現在時間還早，怎麼這麼早就要打烊？

丑：馬上要跨年哩！

講：今天才十二月二十八，離跨年還有三天。

丑：所謂跨年一刻值千金，一〇一煙火只有一〇八秒。我要趁早去佔位子。

安：又胡說了。

（丑簡單收拾桌面即下。也許視情形協助挪動一兩張桌椅。）

生：老丈，我聽你這琵琶，非同凡手。得自何人傳授？乞道其詳。

末：俺乃梨園老伶工，姓李名龜年。只為家亡國破兵戈沸，因此上孤身流落在江南地，

講：原來他就是李龜年。

（以下，諸位講者想起剛剛聊到李龜年之事，話題就被打斷，因而繼續將〈**江南逢李龜年**〉一詩聊完，之後便不再涉入表演。酒保上場協助調整桌椅。）

酒：這是我們店裡的點心，請大家吃。

講：謝謝！

酒：請問你們還要點酒嗎？

講：……（點酒或小菜、點心。啞劇呈現，以不干擾崑曲演出為原則。）

生：呀，原來卻是李教師，失瞻了。

末：官人尊姓大名？為何知道老漢？

生：小生姓李，名暮。

末：莫不是吹鐵笛的李官人麼？

生：然也。

末：幸會幸會。

生：請問老丈，那霓裳全譜可還記得麼？

末：也還記得，官人為何問他？

生：不瞞老丈說，小生性好音律，向客西京。老丈在朝元閣演習霓裳之時，小生曾傍著宮牆，細細竊聽，已將鐵笛偷寫數段，只是未得全譜，各處訪求，無有知者。今日幸遇老丈，不識肯賜教否？

末：既遇知音，何惜末技。

生：如此多感，請問尊寓何處？

末：窮途流落，尚乏居停。

生：屈到舍下暫住，細細請教何如？

末：如此甚好。

（末生下。任安上，酒保接待）

酒：先生請問有訂位嗎？

任：有，我朋友應該到了。

陳怡蓁：任安，這邊這邊。

第五場　長安舊事——

崑曲演員下場後，唐代建業酒樓幻象消失，景轉臺灣小酒館。眾人聊著唐代書畫及其他唐代藝術，話題引來了已逝的梨園幽魂。在數百年後的海外小島上，她聽著自己的身世是如何成了傳說，成為當代騷人墨客的下酒小菜。

樂伎想起安祿山、史思明興兵謀反的消息傳進宮中之時，玄宗皇帝正命楊妃歌舞太白詩仙所作的【清平調】，而她正是當時的琵琶領奏。一曲未畢，皇帝便匆忙領了楊妃和滿朝文武向四川進發。逃難的路途上用不著梨園樂伎，她們只好出宮自尋生路。然而此刻她竟想不起自己的終局，只是深深遺憾當時那一曲【清平調】未能奏畢。於是她轉軸撥弦再續前調，召回散渙在詩人筆下的梨園舊事。

眾講者在隔世而來的【清平調】歌聲中依舊喝酒聊天。夜深。燈光漸收。

劇終——

三四

旅食京華春

三四

讀書破萬卷
下筆如有神

三〇

飄然思不羣

二七

飛揚跋扈

二四

一覽眾山小

四二

炙手可熱勢絕倫

四二

肌理細膩骨肉勻

四一

態濃意遠淑且真

四一

長安水邊多麗人

三八

信知生男惡
反是生女好

五四

少壯能幾時
鬢髮各已蒼

五四

今夕復何夕

五一

相對如夢寐

四八

家書抵萬金

四五

遙憐小兒女
未解憶長安

六三

落月滿屋梁

六三

生別常惻惻

六〇

獨與老翁別

五七

與君永相望

五七

無乃太匆忙

七五

長夏江村事事幽

七二

君子意如何

六九

月是故鄉明

六六

千秋萬歲名

六六

若負平生志

八二

風雨不動安如山

八一

大庇天下寒士
俱歡顏

八一

安得廣廈千萬間

七八

映階碧草自春色

七五

自去自來梁上燕

九一

錦江春色來天地

九一

萬方多難此登臨

八八

白日放歌須縱酒

八五

匡山讀書處
頭白好歸來

八五

敏捷詩千首
飄零酒一杯

一〇二

萬里悲秋常作客

九七

孤舟一繫故園心

九七

江間波浪兼天湧

九四

飄飄何所似
天地一沙鷗

九四

星垂平野闊
月湧大江流

一〇六

天地為之久低昂

一一〇

銜盃樂聖稱避賢

一一〇

皎如玉樹臨風前

一一一

揮毫落紙如雲煙

一一三

好雨知時節

一一三

潤物細無聲

一一五

不廢江河萬古流

一一六

不薄今人愛古人

一一六

清詞麗句必為鄰

一一八

中天月色好誰看

一二五

常存抱柱信

一二五

相迎不道遠
直至長風沙

一二八

一二八

笑而不答心自閒
別有天地非人間

一三一

孤帆遠影碧山盡
唯見長江天際流

一三四

天長路遠魂飛苦

一三四

長相思 摧心肝

一三七

自愛丘壑美

一三八

松風清襟袖
石潭洗心耳

一三八

高枕碧霞裡

一四三

百步九折縈巖巒

一四三

枯松倒挂倚絕壁

一四四

一夫當關
萬夫莫開

一四四

錦城雖云樂
不如早還家

一四七

我醉欲眠卿且去

一五一

人生得意須盡歡

一五二

天生我材必有用

一五二

與爾同銷萬古愁

一五七

浮雲遊子意
落日故人情

一六〇

白首臥松雲

一六〇

醉月頻中聖

一六一

高山安可仰
徒此揖清芬

一六四

長安一片月
總是玉關情

一六七

蒼茫雲海間

一七〇

玲瓏望秋月

一七三

雲想衣裳花想容

一八〇

長歌吟松風

一八〇

陶然共忘機

一八三

舉盃邀明月
對影成三人

一八三

行樂須及春

一九五

安能摧眉折腰事權貴

一九五

忽魂悸以魄動

一九〇

思君若汶水

一八七

但得酒中趣
勿為醒者傳

一八四

相期邈雲漢

二〇八

長風萬里送秋鴈

二〇八

亂我心者

二〇三

垂輝映千春

二〇三

正聲何微茫

一九八

總為浮雲能蔽日

二一九

低頭思故鄉

二一七

燕草如碧絲
秦桑低綠枝

二一五

輕舟已過萬重山

二一二

忽聞岸上踏歌聲

二〇九

俱懷逸興壯思飛

二二四

遊太清

二二四

登高壯觀天地間

二二三

一生好入名山遊

二二三

狂歌笑孔丘

二二一

孤雲獨去閒

杜甫夢李白
詩選・印譜・腳本

策劃：趨勢教育基金會
主編：陳義芝、陳怡蓁
作者：陳義芝、任安、李易修
解讀：徐國能、林佳蓉、李沅珊
美術設計：三人制創
美術編輯：何萍萍
責任編輯：冼懿穎
校對：簡淑媛

法律顧問：全理法律事務所董安丹律師
出版者：英屬蓋曼羣島商網路與書股份有限公司臺灣分公司
發行：大塊文化出版股份有限公司
臺北市 10550 南京東路四段二五號十一樓
www.locuspublishing.com
TEL：(02)8712-3898　FAX：(02)8712-3897
讀者服務專線：0800-006689
郵撥帳號：18955675　戶名：大塊文化出版股份有限公司

總經銷：大和書報圖書股份有限公司
地址：新北市新莊區五工五路二號
TEL：(02)8990-2588　FAX：(02)2290-1658
製版：瑞豐實業股份有限公司

初版一刷：二〇一三年十二月
定價：新台幣三〇〇元
ISBN：978-986-6841-51-4

國家圖書館出版品預行編目(CIP)資料

杜甫夢李白：詩選.印譜.腳本 / 趨勢教育基金會策劃.
-- 初版. -- 臺北市：網路與書出版：大塊文化發行, 2013.12
244面；19X20公分. -- (經典・藝讀；01)
ISBN 978-986-6841-51-4(平裝)

851.4415　　102023535